KB020589

DREAMBOOKS★

DREAMBOOKS★

DREAMBOOKS★

DREAMBOOKS★

DARK
EMPEROR

흑제

오렌 퓨전 판타지 장편소설

FUSION FANTASY STORY & ADVENTURE

5

dream
books
드림북스

흑제 5

초판 1쇄 인쇄 / 2013년 6월 12일
초판 1쇄 발행 / 2013년 6월 18일

지은이 / 오렌

발행인 / 오영배
책임편집 / 편집부
펴낸 곳 / (주)삼양출판사 · 드림북스

주소 / 서울특별시 강북구 솔샘로67길 92
대표 전화 / 02-980-2112 팩스 / 02-983-0660
편집부 전화 / 02-980-2116 팩스 / 02-983-8201
블로그 / blog.naver.com/dreambookss

등록번호 / 제9-00046호
등록일자 / 1999년 3월 11일

ⓒ 오렌, 2013

값 8,000원

(주)삼양출판사 · 드림북스의 서면 허락 없이는 어떠한
형태나 수단으로도 이 책의 내용을 이용하지 못합니다.

ISBN 978-89-542-5100-6 (04810) / 978-89-542-5095-5 (세트)

* 지은이와 협의하에 인지는 생략합니다.
* 잘못된 책은 구입한 곳에서 바꾸어 드립니다.

이 도서의 국립중앙도서관 출판시도서목록(CIP)은 서지정보유통지원시스홈페이지(http://
seoji.nl.go.kr)와 국가자료공동목록시스템(http://www.nl.go.kr/kolisnet)에서 이용하실 수
있습니다. (CIP제어번호: 2013008360)

DARK 흑제 EMPEROR

5

오렌 퓨전 판타지 장편소설

FUSION FANTASY STORY & ADVENTURE

dream
books
드림북스

DARK EMPEROR

흑제

Contents

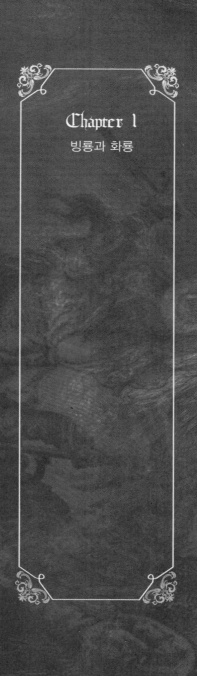

Chapter 1
빙룡과 화룡

　붉은 머리의 사내 포르티와 은발의 여인 아그노스.

　그들은 다름 아닌 드래곤 로드 푸르카의 명령에 의해 트
레네 숲을 조사하러 온 드래곤들이었다. 그런데 그들이 막
트레네 숲의 하늘 호수가 있는 곳에 도착한 순간 갑자기
거대한 물의 정령이 호수 수면 위로 불쑥 솟아올랐다.

　"저거 설마 아르나?"

　"그런 것 같은데? 저 성질 더러운 정령이 왜 여기에 있
지?"

　"정말로 아르나라면……."

　아그노스의 놀라움은 컸다. 아르나는 천 년 전 온갖 괴

악한 정령들을 이끌고 다니며 말썽을 피우다 필리우스에 의해 제압되어 그의 노예가 되었던 물의 최상급 정령이었다.

그런데 그렇게 필리우스의 노예가 되었던 아르나는 당시 필리우스가 차원 여행을 떠나면서 함께 사라졌다. 그 후로 천 년 동안 보이지 않았던 그녀가 이곳에 있을 줄이야.

'그렇다면 필리우스도 돌아왔을 거야.'

아그노스의 가슴이 세차게 뛰었다. 필리우스는 드래곤이 아닌 하프 머맨이었다. 그러나 드래곤으로서의 장구한 삶 동안 아그노스의 마음을 사로잡은 유일한 남성이 바로 그였다. 그래서 그녀는 천 년이 넘도록 그가 돌아오기만을 기다려 왔다.

모두들 그 천 년의 세월 동안 필리우스가 수명이 다해 죽었을 것이라 했다. 그가 아무리 하프 머맨이며 또한 드래곤을 능가하는 능력을 가졌다지만, 그가 드래곤이나 정령이 아닌 이상 천 년 넘게 살기란 불가능한 일이니까.

그런데도 아그노스는 혹시나 하는 심정으로 그를 기다렸다. 무려 천 년을.

사실 그녀 스스로도 그것이 일종의 과도한 집착일 뿐이라는 사실을 알고 있었다. 그녀는 그런 자신의 모습이 매우 비이성적이며, 그야말로 현명하다고 알려진 드래곤답지 않은 어리석은 행동이라는 것을 모르지 않았지만, 그렇다 해도 필리우스를 향한 갈망은 사라지지 않았다.

그러한 와중에 필리우스의 노예였던 아르나가 눈에 띄니 그녀의 마음이 어찌 격동에 휩싸이지 않겠는가.

"아르나! 널 이곳에서 보게 될 줄은 몰랐구나."

아그노스는 아르나를 향해 환한 미소를 지었다. 그러나 본래부터 드래곤들을 별로 좋아하지 않았고, 그러다 보니 그들과 사이도 그다지 좋지 않았던 아르나는 시큰둥한 표정으로 대꾸했다.

"아그노스! 네가 여긴 웬일이지? 저 재수 없는 포르티 녀석까지 대동하고 말이야."

아르나는 지금 이곳에 나타난 두 드래곤들을 아주 잘 알았다.

빙룡(氷龍) 아그노스와 화룡(火龍) 포르티.

특히 그중 포르티와는 아르나가 한 번 싸워 본 적도 있었다.

물의 최상급 정령 아르나와 화룡 포르티의 대결.

천 년 전 거들먹거리며 돌아다니던 아르나 패거리의 정령들을 포르티가 혼내준 적이 있었다. 이에 발끈한 아르나는 즉각 북부 바다를 여행 중이던 포르티에게 보복공격을 가했다.

아르나의 공격에 포르티는 코웃음 쳤지만 당시 바다 위

에서 벌어진 전투라 아르나를 당해 낼 수 없었다. 포르티가 드래곤으로 태어난 이래 정령에게 죽도록 얻어맞은 적은 그때가 처음이었다.

천만다행히도 그 일은 망망한 바다 위에서 벌어졌던 일이라 다른 드래곤들은 모르는 일이었다. 만일 그 일이 소문으로 퍼졌다면 포르티의 체면은 땅으로 추락했을 것이다. 그래도 당시 일은 포르티를 한때 우울증에 시달리게 할 만큼 큰 충격을 주었다.

그래서인지 포르티의 인상은 순식간에 아주 험악하게 변했다. 아르나를 보는 순간 당시의 치욕스러웠던 기억들이 떠올랐기 때문이다.

'아르나! 그렇지 않아도 널 언제 한번 제대로 손봐주고 싶었지. 오늘 드디어 그때의 치욕을 갚을 수 있겠구나.'

그런 포르티와 달리 아그노스는 아르나를 향해 연신 부드러운 미소를 지었다. 그녀는 로드 푸르카의 지시로 트레네 숲에 온 본연의 목적도 잊은 채 아르나에게 물었다.

"아르나, 네가 있다면 그도 돌아왔겠지?"

그러자 아르나는 고개를 갸웃하더니 되물었다.

"그라니?"

"필리우스 님이지 누구야?"

아그노스는 당연한 말을 왜 하냐는 듯 눈을 치켜뜨며 기대 어린 표정을 지었다. 바로 그 순간 아르나의 귀로 다급

하면서도 은밀한 음성이 하나 파고들었다.

(아르나! 제발 부탁이다. 절대 필리우스가 죽었다는 사실은 말하지 말아 다오.)

음성처럼 느껴졌지만 아르나는 그것이 드래곤 포르티가 펼친 마법 전성임을 알았다. 조금 전까지만 해도 자신을 잡아먹을 듯 험악하게 노려보던 포르티가 무슨 이유에선지 아주 비굴한 자세로 애걸을 하고 있는 것에 아르나는 일순 멍해졌다.

―너 뭐 잘못 먹었냐? 우리가 서로 부탁을 할 만큼 친한 사이라고 생각해?

무엇 때문에 포르티가 은밀히 부탁을 하는지 모르지만 아르나 역시 뭔가 심상치 않은 느낌에 육성이 아닌 마음으로 뜻을 전했다. 드래곤의 마법 전성처럼 원하는 대상에게만 뜻을 전할 수 있는 정령의 은밀한 속삭임이었다.

(자세한 사정은 나중에 알려 주마. 제발 필리우스의 죽음을 아그노스에게 알리지 말아 다오. 만일 내 부탁을 들어주면 나도 네 부탁을 하나 들어주겠다.)

―뭐, 그렇다면.

아르나는 흔쾌히 포르티의 제의를 수락했다. 대체 무엇 때문에 필리우스의 죽음을 아그노스에게 알리지 말아야 하는지는 모른다. 그러나 그 대가로 드래곤인 포르티에게 한 가지 부탁을 할 수 있다면 전혀 손해 보는 조건은 아니었다.

그렇게 아르나와 포르티 사이에 모종의 거래가 오가는 사실을 전혀 짐작도 못 하는 아그노스는 여전히 기대감이 가득한 표정으로 아르나를 쳐다봤다.

"빨리 말해 줘. 필리우스 님은 지금 어디에 계셔?"

"몰라."

"넌 그의 노예인데 어찌 그걸 모를 수 있지?"

"천만에. 난 이제 필리우스 님과 아무런 상관도 없어."

"그럴 리가……."

아그노스의 표정에 짙은 실망감이 어렸다. 동시에 그녀의 마음에는 약간이지만 안도감도 교차했다. 혹시라도 아르나의 입에서 필리우스가 죽었다는 말이라도 나올까봐 두려웠던 까닭이었다.

'틀림없어. 그분은 어딘가 살아 계셔. 언젠가는 이로이다 대륙에 돌아오실 거야.'

그렇게 실망과 안도의 한숨을 동시에 내쉬고 있는 아그노스를 포르티는 착잡한 표정으로 쳐다봤다.

'바보 같은! 대체 언제까지 그 이상한 미련에 얽매여 있을 거냐, 아그노스!'

포르티는 필리우스에 대한 아그노스의 비정상적인 집착을 잘 알고 있었다. 정말로 그녀는 필리우스가 죽었다면 스스로 목숨을 끊을지도 몰랐다.

그러나 사실 포르티 또한 남 말할 처지는 아니었다. 그 역시 천 년이 넘게 아그노스를 짝사랑해 오며, 자신의 감정도 무척이나 이성적이지 못하다는 사실을 모르지는 않았으니까.

그렇다 해도 그는 그 비이성적인 감정에 충실했다. 아그노스는 그의 모든 것이었다. 따라서 포르티는 아그노스가 아르나를 향해 필리우스의 안부를 묻는 순간 정신이 하얗게 변하는 듯 놀라고 말았다.

비로소 그는 천 년 전 아르나가 필리우스의 노예가 되어 그를 따라갔다는 사실도 기억해 냈고, 그로 말미암아 자칫하면 큰일이 벌어질 수도 있다는 두려움에 재빨리 아르나와 타협을 한 것이었다. 아르나야말로 필리우스의 생사를 알고 있는 유일한 존재일 수도 있기 때문이었다.

다행히 아르나는 포르티의 제의를 수락했고 그로 인해 아그노스의 죽음을 막을 수 있었다. 괴팍하기 그지없는 아르나가 어떤 부탁을 해 올지 벌써부터 걱정이 되긴 했지만 포르티로서는 아그노스의 죽음을 막은 것으로 일단 안심이었다.

그때 아르나가 아그노스와 포르티를 싸늘히 노려보며 물었다.

"너희들은 아직 내 말에 대답을 하지 않았어. 동쪽 드래곤 산맥에 있어야 할 너희들이 이곳 트레네 숲에 나타난 이유가 뭐지?"

그러자 아그노스와 포르티는 자신들이 이 숲에 온 본연의 목적을 상기하고는 안색을 굳혔다. 트레네 숲의 신상 마족 지겔을 죽인 자의 소굴을 찾아 파괴하는 일은 그들로서는 그리 내키지 않는 임무였다. 그러나 로드 푸르카의 명령에 불복할 수는 없으니 문제였다.

그러다 문득 그들은 그 일에 왠지 물의 정령 아르나가 관련되어 있을지도 모른다는 생각에 인상을 살짝 찌푸렸다. 만일 그렇다면 아르나와 전투를 벌여야 할 상황이니 말이다.

곧바로 포르티가 아르나를 노려보며 물었다.

"누군가 이 숲에 있는 마족을 죽였다. 혹시 아르나 네가 그 일과 관련이 있느냐?"

아르나는 문득 드래곤들이 무엇 때문에 이곳에 나타났는지 짐작하고는 비릿하게 웃었다.

"나의 마스터께서 건방진 마족 놈과 하수인들을 손봐주신 적은 있어. 그게 뭐 어쨌단 말이지?"

"마스터? 그럼 혹시 마족을 죽인 자가 너의 주인이란 말이냐?"

포르티는 깜짝 놀란 표정으로 다시 물었다. 아그노스는 고개를 끄덕이며 웃었다.

"잘 알고 있네."

그러자 아그노스가 아르나를 차갑게 쏘아봤다.

"아르나, 네가 그와 관련되어 있다니 유감이구나."

"유감?"

"몰랐느냐? 그는 감히 우리 드래곤을 사칭했어."

그 말에 아르나의 안색이 싸늘히 변했다.

"어떤 멍청한 자식들이 그따위 헛소리를! 마스터께서 무엇 때문에 드래곤을 사칭해?"

"아마도 마족과 우리 드래곤들을 이간질할 심산이었겠지. 그로 인해 우리의 드래곤 로드께서는 무척 분노하셨다. 우리는 그분의 명령을 따라 이 숲을 파괴하는 임무를 수행할 생각이야."

"트레네 숲을 파괴하겠다? 미쳤구나. 지금 제정신들이야?"

아그노스는 무표정한 눈빛으로 대답했다.

"우린 명령을 받았으니 무조건 하는 것뿐, 다른 감정은 없다."

"정말 눈물겨운 충성심들이군. 하지만 고작 너희들의 힘으로 그게 가능할까?"

그러자 아그노스의 두 눈에서 섬뜩한 한기가 번뜩였다.

"너는 우리 드래곤이 왜 최강의 종족이라 불리는지 잊었느냐?"

"최강? 오호홋! 착각하지 마라. 세상엔 너희보다 강한 이들이 상당수 존재하고 있단다. 나도 그중의 하나지."

"흥! 건방진."

아그노스가 분노하며 당장이라도 공격을 개시하려던 찰나였다. 옆에서 얼굴을 일그러뜨리며 아르나를 노려보고 있던 포르티가 돌연 아그노스의 앞으로 나서며 그녀를 막았다.

"잠깐! 멈춰라, 아그노스."

아그노스는 의아함을 금치 못했다. 성질이 더럽기로 치면 드래곤들 중에서 세 손가락 안에 들어가는 포르티가 무슨 일인지 그녀를 말리고 있었다. 평소 같으면 그녀에 비할 수 없이 성질이 급한 포르티가 먼저 공격을 개시하고도 남았을 것이다.

"포르티! 너 뭐야? 무슨 일 있어?"

"내 말을 들어 봐라. 로드는 트레네 숲을 조사하라고 했지 꼭 부수라고는 하지 않았다."

아그노스는 미간을 좁혔다.

"너는 이상한 말을 하는구나. 내가 기억하기로 로드는 놈의 소굴을 파괴하라고 했어."

"아니지. 정확히 얘기하면 무조건 파괴하라는 것이 아니라 우리의 판단에 따라 필요하면 파괴하라고 했다. 그렇지 않으냐?"

"그렇기는 하지만."

아그노스는 일순 멍한 표정으로 포르티를 쳐다봤다. 그녀로서는 포르티의 평소답지 않은 행동이 이해가 되지 않았다. 그녀가 아는 포르티의 불같은 성격이라면 이와 같은 상황에서 일단 공격부터 하고 보는 게 정상이었다.

물론 포르티 역시 자신의 이러한 행동이 매우 어색하다는 것을 모르지 않았다. 본래라면 아그노스가 말린다 해도 그가 먼저 아르나를 향해 공격 마법을 날렸을 것이다.

그러나 방금 전 아르나가 정령의 은밀한 속삭임을 보내왔다.

—포르티! 지금 당장 아그노스를 데리고 꺼지는 게 어때? 필리우스의 죽음에 대한 사실을 아그노스에게 모조리 까발리기 전에 말이야.

그러한 아르나의 협박을 받은 포르티로서는 부득불 아그노스를 막아서지 않을 수 없는 상황이었지만, 그에 대한 속사정을 모르는 아그노스는 포르티가 이해되지 않았다.

"포르티! 도대체 무슨 판단을 하겠다는 거야? 아르나의 마스터라는 자가 마족을 죽였음이 확실하다면 더 이상 다른 판단이 무슨 필요가 있어?"

"그래서 판단이 필요하다는 거다. 나는 무작정 때려 부술 게 아니라 대체 그가 무슨 이유로 우리 드래곤을 사칭해 마족을 죽였는지 정도는 알아보는 게 맞는 일이라 생각한다."

곧바로 포르티는 아르나를 노려보며 물었다.

"아르나, 대체 너의 마스터는 왜 마족을 죽였느냐? 그
것도 우리 드래곤을 사칭해서 말이야. 너는 당연히 그 이
유를 알고 있겠지?"

그러자 아르나가 포르티와 아그노스를 한심하다는 듯
쳐다보며 말했다.

"대체 마족을 죽인 게 잘한 일일까, 잘못한 일일까?"

"물론 마족을 죽인 건 당연히 잘한 일이다. 이로이다 대
륙에 마족이 나타난 건 매우 심각한 일이지. 그놈들을 방
치할 경우 언젠가 마왕이 강림하게 될 거고, 그렇게 되면
어떤 끔찍한 일이 벌어질지 모른다."

포르티는 주저 없이 대답했다. 아그노스 역시 인상을 찌
푸리고는 있었지만 포르티의 말에 이의를 달지는 않았다.
그녀 역시 포르티와 같은 생각을 하고 있기 때문이었다.

"흥! 그래도 생각은 제대로 박혀 있구나. 그렇다면 여기
서 또 질문! 너희들 말대로 나의 마스터가 어쩌다 보니 드
래곤으로 오인받았고 그 상태로 마족을 죽였다 쳐. 과연
그것이 너희 드래곤의 명예를 떨어뜨리는 일일까? 아니면
명예를 올려 주는 일일까? 사악한 마족을 죽였는데 말이
야."

"……."

포르티와 아그노스는 선뜻 대답을 할 수 없었다. 솔직히

드래곤의 명예에 도움이 됐으면 됐지, 명예를 실추시킬 일은 전혀 없었다.

아그노스는 한숨을 내쉬며 말했다.

"아르나 넌 지금 매우 쓸데없는 말을 하는구나. 결과적으로 명예를 올렸느냐 아니냐가 왜 중요하느냐? 문제는 그 과정에서 너의 마스터가 우리 드래곤을 감히 사칭했다는 것이다. 그 상태로 마족을 죽였으니 우리가 오해를 받을 수밖에."

"오해? 그러니까 그로 인해 너희들이 마족들에게 오해를 받고 있다 이거군. 결국 너흰 그것이 못마땅해 여길 온 거였어."

"부인하진 않으마."

그러자 아르나가 두 눈에 힘을 주고 그들을 취조하듯 노려봤다.

"내가 정말 이런 말까지는 하고 싶지 않았는데 말이지, 너희들 혹시 마족 놈들이랑 친구 먹었냐?"

포르티와 아그노스의 인상이 일그러졌다.

"그게 무슨 헛소리냐?"

"흥! 그게 아니면 너희들이 여기까지 와서 이 난리를 칠 이유가 뭘까?"

아르나는 인상을 구기며 말을 이었다.

"세상에 드래곤이 마족과 친구를 먹는 꼴을 볼 줄이야.

기분 정말 더럽구나."

순간 포르티의 두 눈에서 붉은 광망이 번뜩였다.

"아르나! 닥치지 못하겠느냐? 우리 드래곤이 어찌 그따위 사악한 마족들과 친구가 된다는 말이냐?"

아그노스 역시 분기탱천한 눈빛으로 아르나를 노려봤다.

"드래곤과 마족은 절대 친구가 될 수 없다. 감히 어디서 그따위 망발을 하는 것이냐, 아르나?"

"오호호홋! 친구가 아니면 너희들이 마족들을 무척 두려워하기라도 하나 보지. 그러니까 마족들의 오해를 풀기 위해 이 트레네 숲을 쑥대밭으로 만들려는 거 아니겠어?"

"그, 그건……."

"내 추측이 틀렸다면 말해 봐! 대체 무엇 때문에 너희가 사악한 마족들의 눈치를 보는지 정말 궁금해 죽겠구나. 혹시 드래곤들이 마족들에게 무슨 약점이라도 잡힌 거야?"

포르티와 아그노스의 얼굴에는 자존심 상한 기색이 역력했다. 그들은 아르나의 말에 분개했지만 반박할 수가 없었다.

포르티가 탄식하며 대답했다.

"아르나! 네 멋대로 섣불리 추측해 말하지 마라. 네게 말 못 할 사정이 있을 뿐 우리 드래곤들은 마족들을 절대 두려워하지 않는다."

바로 그때였다.

"사정이라 했나? 대체 그 말 못 할 사정이 뭔가?"

갑자기 상공에서 한기가 펄펄 배어 나오는 음성이 울려 퍼졌다. 그곳엔 눈부신 은발에 남빛의 홍채를 가진 아름다운 외모의 청년이 팔짱을 낀 채 한없이 험악한 표정으로 아그노스와 포르티를 노려보고 있었다.

"너는 뭐지?"

아그노스가 묻자 청년은 기이한 미소를 지었다.

"그러고 보니 내 모습이 예전과 달라져 너희들이 못 알아보는군. 그럼 아주 더럽게 재미없는 얘기 하나 해 줄까? 이 얘기를 듣다 보면 내가 누군지 알게 될 것이다."

갑자기 웬 얘기라는 말인가? 그것도 더럽게 재미없는 얘기라고 말하니 아그노스와 포르티는 어이없다는 듯 청년을 사납게 노려봤다. 그러나 그들의 노기 서린 눈빛을 대하고서도 청년은 눈 하나 깜빡하지 않았다.

"지금으로부터 대략 백 년 전쯤 일이다. 어느 평화로운 숲에 엘로 시작하는 이름을 가진 아주 착한 수호 정령이 하나 있었지. 어때? 내가 누군지 감이 오느냐?"

"감히! 죽고 싶은가? 그따위 헛소리를 듣고 내가 네놈이 누군지 어찌 알겠느냐?"

포르티가 참기 힘든지 눈에서 섬뜩한 광망을 내뿜었지만 청년은 개의치 않았다.

"쯧! 정말 둔한 녀석들이군. 그렇다면 닥치고 계속 들어라! 그 착한 수호 정령은 요정들을 보살피며 평화롭게 살고 있었어. 요정들 또한 수호 정령의 보호를 받으며 행복하게 살고 있었지. 그런데 갑자기 어디선가 사악한 악마 셋이 나타난 거야. 놈들은 그 수호 정령을 지하 깊숙한 곳으로 끌고 갔다."

"……!"

포르티와 아그노스의 얼굴이 돌연 굳어졌다. 그 순간 그들의 뇌리에 문득 떠오르는 존재가 하나 있었기 때문이었다. 청년은 냉랭히 말을 이었다.

"갑자기 그런 불행이 벌어지자 요정들이 놀라 수호 정령의 옛 친구들을 찾아 도움을 청했지. 그런데 그들은 이상하게도 요정들의 부탁을 외면했어."

포르티의 두 눈이 흔들렸다. 그는 믿을 수 없다는 듯 눈을 크게 뜨고 청년을 쳐다봤다.

"그러고 보니 너는……."

청년은 코웃음 치며 말을 끊었다.

"그 후에도 요정들은 간청하고 또 간청했다. 제발 자신들의 수호 정령을 도와 달라고 말이야. 그러나 소용없었다. 수호 정령의 친구들은 손가락 하나 까딱하지 않았고 오히려 요정들은 그 와중에 악마들에게 걸려 수난을 당했으니까. 어떠냐? 아주 재미없는 얘기지?"

"확실히 아주 재미가 없군."

포르티는 씁쓸한 표정으로 고개를 끄덕였다. 아그노스도 고개를 끄덕였다.

"그러게. 정말로 더럽게 재미가 없네."

그러자 청년이 비릿하게 웃었다.

"걱정 마라. 다행히 그 이야기의 후속편도 있거든. 그렇게 백 년이 흐르는 동안 수호 정령은 악마들에게 끔찍한 고통을 당했다. 그리고 그동안 요정들은 악마의 부하들에게 잡아먹히거나 노예가 되어 비참하게 살고 있었다는 거야."

순간 포르티가 양손으로 자신의 머리카락을 움켜쥐며 말했다.

"그만! 그건 전편보다 더 재미가 없어."

"맞아. 그런 재미없는 얘기는 더 이상 듣고 싶지 않아."

아그노스도 고개를 세차게 흔들었다. 그런 그들을 청년이 싸늘히 노려보며 말했다.

"이제야 내가 누군지 기억했나 보군. 어디 한 자씩 말해 봐라. 포르티 너부터! 엘, 다음에 뭐냐?"

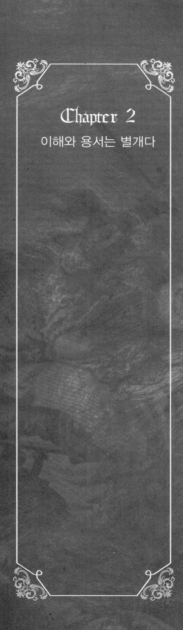

Chapter 2

이해와 용서는 별개다

"리."

포르티가 어색한 표정으로 대답했다.

곧바로 청년이 아그노스를 쳐다보자 그녀는 잠시 망설이다 이내 대답했다.

"나."

그다음에는 청년이 묻지도 않았는데 아르나가 불쑥 말해 버렸다.

"이, 젤……? 엘프의 수호 정령 엘리나이젤? 아니, 이게 대체 얼마만이야, 호호호?"

아르나가 짐짓 반가운 척을 하자 엘리나이젤은 인상을

살짝 찌푸렸다.

"아르나! 예전에 너 때문에 고생한 생각을 하면 그다지 반갑지는 않지만 앞으로 한 식구가 되었으니 서로 친하게 지내도록 하자."

"뭐? 우리가 한 식구라니? 그게 무슨 헛소리야?"

"헛소리가 아니니 잘 들어라. 네가 섬기는 마스터 무혼 님이 바로 나의 로드이시다. 이제 왜 우리가 한 식구인지 알겠느냐?"

아르나의 두 눈이 휘둥그레 커졌다. 그녀는 이내 한숨을 푹 내쉬었다.

"하! 마스터께서 왜 너 같은 샌님을?"

"샌님?"

"넌 너무 순해 빠진 정령이었으니까 하는 말이야. 그래서 괴롭힐 맛이 다분하긴 했지만."

엘리나이젤의 인상이 일그러졌다.

"천 년 전의 난 샌님이었을지 모르지만 지금의 난 다르다. 이에는 이, 눈에는 눈! 또 그따위 장난질을 했다간 가만두지 않을 거야."

아르나는 어깨를 으쓱하며 웃었다.

"호오! 과연 제법 사나워졌군. 걱정 마. 난 피아구별은 철저히 하거든. 웬만하면 한 식구는 잘 안 괴롭힌다고. 가벼운 장난이라면 모를까?"

"흥! 가벼운 장난질도 사절이다. 절대로!"

"쳇! 꽤나 팍팍하네. 마스터께서는 왜 저리 소심한 녀석을 부하로 삼으셨을까? 한 식구가 생겨 좋아했는데 생각보다 재미없겠는걸."

아르나가 투덜댔지만 엘리나이젤은 그녀의 말을 무시한 채 고개를 돌려 포르티와 아그노스를 노려봤다.

"꼴 보기들 싫으니 꺼져라. 친구의 고통을 외면하다니. 니들이 드래곤이냐? 그러고도 드래곤이야?"

그러자 포르티와 아그노스가 머리를 긁적이며 말했다.

"엘리나이젤! 그건 정말 미안했다."

"우리도 네 사정을 듣고는 돕고 싶었지만 어쩔 수가 없었어."

"닥쳐! 변명을 할 셈이냐?"

"들어 봐. 그게 어떻게 된 일이냐면……."

포르티는 어쩔 수 없이 엘리나이젤에게 드래곤들이 마족들과 불가침의 맹약을 맺은 사실을 말해 주었다. 그 이유가 다름 아닌 드래곤 로드 푸르카의 마족 애인에 대한 집착 때문이라는 것도.

"뭐라고? 그게 사실이냐?"

엘리나이젤은 놀라다 못해 황당한 표정으로 포르티를 쳐다봤다.

포르티는 무겁게 고개를 끄덕였다.

"믿기지 않겠지만 사실이다. 그래서 나는 너를 돕고 싶어도 도울 수 없었다. 불가침의 맹약 이후 드래곤들 누구도 마족들의 일에 간섭하는 것을 로드께서 용납하지 않으셨으니까."

"그런 말도 안 되는 맹약을 체결하다니. 그가 과연 제정신인가?"

"나 역시 그가 제정신이라는 생각을 해 본 적은 없다. 하지만 그는 로드이니 우리는 그의 명령에 따르지 않을 수 없었다. 그건 지금도 마찬가지지."

"여기서 그따위 얘기를 왜 다 늘어놓는 거야, 포르티?"

아그노스는 포르티가 드래곤들의 수치스러운 일을 외부에 발설하는 것이 마음에 들지 않는 듯했다. 그녀 역시 로드 푸르카의 행동이 못마땅하지만 그것은 드래곤들 사이의 일이지, 그것을 외부에 발설하는 것은 말 그대로 누워서 침을 뱉는 격이 아니겠는가.

그러자 엘리나이젤이 입가에 비릿한 미소를 띠며 말했다.

"때론 수치스럽다고 해도 사실을 밝힐 필요는 있는 법. 방금 포르티가 그 사실을 말해 주지 않았다면 나는 너희 드래곤들을 영원히 증오했을 것이다. 모든 것이 로드 푸르카의 우매한 행동으로 인해 벌어진 일이었다니 충격이지만 말이야. 어쨌든 그의 지시를 따라야 하는 너희로서는 어쩔 수 없는 일이었을 것임을 충분히 이해할 수는 있다."

그러자 포르티의 표정이 밝아졌다.

"그럼 이제 우릴 용서해 주겠다는 건가, 엘리나이젤?"

엘리나이젤은 코웃음 쳤다.

"친구를 배신해 놓고 감히 용서를 바란다는 건가?"

"방금 전 넌 우리의 입장을 충분히 이해한다고 말했다."

"이해와 용서는 별개의 일. 너희들의 입장이 이해는 가지만 그렇다고 용서가 되는 건 아니다."

그러자 포르티가 어색하게 웃었다.

"으흠…… 기왕에 이해했으면 용서까지 해 주는 게 어떠냐? 나라면 그렇게 할 텐데."

"맞아. 이제 그만 우리를 용서해 줘, 엘리나이젤."

아그노스도 기대 어린 표정으로 엘리나이젤을 쳐다봤다.

"닥쳐라! 무려 백 년 동안이나 고문을 당하는 게 얼마나 끔찍한 일인 줄 너희가 상상이라도 해 보았느냐?"

엘리나이젤은 세쌍둥이 마족들에게 자신이 당했던 일을 말해 주었다. 마족들이 엘리나이젤의 의지를 제압해 엘프들을 노예로 부리기 위해 백 년 동안 고통을 가했다는 사실을 들은 포르티와 아그노스는 경악과 분노를 금치 못했다.

"으득! 정말 사악한 놈들이군."

"어쩜 그럴 수가! 설마 네가 그토록 엄청난 고통을 당한 줄은 몰랐어, 엘리나이젤."

아르나 역시 치를 떨었다.

"정말 소름 끼치는구나. 역시 마족 놈들다운 짓이네."

엘리나이젤은 고개를 끄덕였다.

"아르나의 말대로 그것이 바로 마족다운 짓이다. 너희들은 마족이 그토록 사악한 짓을 벌일 것을 설마 모르고 있었느냐?"

포르티가 착잡한 표정으로 고개를 흔들었다.

"우리들과 불가침의 맹약을 맺었다고 해서 마족들이 그저 음지에서 조용히 웅크리고만 있을 것이라 생각한 것은 아니었다. 아까도 말했지만 놈들의 목적은 마왕 유레아즈의 강림일 것이고, 그때가 도래하면 우리 드래곤들 역시 무사하지 못할 것이라는 사실도 알고 있었지."

"알면서도 그걸 좌시하고 있었다는 거야? 너는 너희들의 로드에게 말해 대책을 세웠어야 했다."

"그래. 네 말이 맞다. 하지만 공연히 로드에게 말해 봤자 오히려 분노만 살 뿐이라 드래곤들 중 누구도 그에 관해 얘기를 해 본 이는 없었다. 모두가 로드를 두려워하고 있고, 그건 나 역시 마찬가지다."

엘리나이젤이 한숨을 내쉬며 물었다.

"그러면 이제 어떻게 할 셈이냐? 계속 그 정신 빠진 너희들의 로드의 말대로 마족들을 두고 볼 것이냐?"

포르티는 선뜻 대답을 하지 못했다. 아그노스 역시 마찬가지였다.

엘리나이젤이 싸늘히 웃었다.

"너희들의 로드와 달리 나의 로드께서는 혼자서 마족들과 싸우고 계신다. 그런데 세상에서 유일하게 마족들과 대항하는 그분을 돕지는 못할망정 너희 드래곤들은 오히려 그분의 일을 방해하고 있다. 마족들의 편에 서서 말이야."

그 말을 들은 포르티와 아그노스의 표정이 더욱 어두워졌다.

아그노스가 이내 한숨을 내쉬며 말했다.

"미안하지만 이해해 줘. 우리는 로드의 지시를 따를 수밖에 없다는 걸 너도 알고 있잖아."

"잘못된 지시라는 것을 알면서도 따르겠다?"

그러자 이번에는 포르티가 대답했다.

"그를 따르지 않으면 우린 돌아가는 즉시 죽게 된다. 그것도 아주 처참하게."

"그럼 돌아가지 않으면 될 것 아니냐?"

그 말에 포르티와 아그노스는 어이없다는 듯 멍한 표정으로 엘리나이젤을 노려봤다.

"돌아가지 않으면? 네 말은 우리보고 로드를 배신이라도 하라는 뜻이냐?"

"너희들이 오래도록 이로이다 대륙의 수호자 역할을 감당해 온 드래곤으로서의 긍지와 자부심을 아직 가지고 있다면 차라리 우리에게 협조해라. 너희들이 도와준다면 마족과 싸우는 데 큰 힘이 될 거다."

"엘리나이젤! 그건 말도 안 되는 헛소리임을 모르느냐? 우린 절대 푸르카 님을 배신하지 않는다."

"마족에게 정신이 팔려 이로이다 대륙을 폐망으로 이끄는 자라면 더 이상 너희들의 로드가 될 자격이 없다. 그런데도 계속 그를 따를 셈인가?"

"다시 말하지만 어쩔 수 없는 일이다. 그리고 우리 드래곤이 마족과 한편에 서는 일은 결코 없을 테니 염려 마라. 푸르카 님은 머지않아 정신을 차리고 마족과 대항해 싸울 것이다."

포르티의 말에 아그노스가 동조하며 말을 이었다.

"포르티의 말이 맞아. 그러니 그때까지 좀 기다려 보는 것이 좋겠어. 너의 로드가 과연 어떤 능력을 가지고 있는지 모르지만 그래 봤자 최상급마족이나 드래곤 로드 푸르카 님의 힘에 맞서기란 불가능해."

"그렇다, 엘리나이젤. 아그노스의 말대로 너희들의 힘으로 마족과 맞서는 건 불가능하다. 무모한 짓 하지 말고 차라리 어딘가로 가서 숨어 지내라."

포르티는 미소 지으며 말을 이었다.

"그렇지. 정령들의 숲인 회색 안개의 숲이 딱이겠군. 거긴 오직 너희 정령들을 위한 특별한 결계가 펼쳐져 있어 우리 드래곤도 들어갈 수 없는 곳이니 마족들 또한 너희를 어쩔 수 없을 것이다."

그러자 엘리나이젤이 가소롭다는 듯 크게 웃었다.

"하하하! 그토록 날카롭던 너희들의 현명함도 맹종으로 인해 무딘 칼날처럼 변해 버렸구나. 로드 무혼 님의 경고를 받고 엘프들을 노예에서 방면한 켈쿰의 오크들이 오히려 너희들보다 더욱 현명한 것을 아느냐? 이 오크만도 못한 것들 같으니라고! 머지않아 로드의 심판이 너희들에게 임할 수도 있으니 조심하는 게 좋을 것이다."

"말 함부로 하지 마라, 엘리나이젤! 그 누가 감히 우리 드래곤을 심판한다는 말인가?"

"우리가 오크만도 못하다니, 그따위 모욕을 하면 아무리 네가 친구라도 참지 않겠다, 엘리나이젤!"

포르티와 아그노스가 분통을 터뜨리자 그때까지 옆에서 심각한 표정으로 그들의 대화를 듣고 있던 아르나가 코웃음을 치며 입을 열었다.

"흥! 멍청하긴. 너희들 아직 나의 마스터가 누군지 잘 모르고 있군. 그분은 이미 예전의 필리우스 님과 비등한 능력을 갖추셨다. 아니, 어쩌면 그 이상일지도 몰라."

그 말에 포르티와 아그노스가 깜짝 놀란 표정을 지었다.

필리우스의 능력이 드래곤 로드 푸르카 못지않음을 그들은 잘 알고 있었다.

그런데 아르나와 엘리나이젤의 로드인 무혼이라는 자가 필리우스와 비등한 능력을 지니고 있다니, 그들이 어찌 놀라지 않을 수 있겠는가.

아르나는 싸늘히 웃으며 말을 이었다.

"그런데도 마스터는 매일 무서운 속도로 강해지고 있어. 천 년 전이나 지금이나 그 능력에 별반 차이가 없는 너희 드래곤이나 나 같은 정령과는 차원이 다른 존재라는 것이지. 그분은 아주 특별한 인간이거든."

"인간? 혹시 하프 블러드냐?"

"천만에! 그는 순혈의 인간이야."

"믿을 수 없다. 고작 인간이 어찌 그토록 강한 능력을 가질 수 있다는 말이냐?"

"그게 나도 신기해. 어쨌든 그분의 목적은 마족 척살 정도가 아니야. 믿기지 않겠지만 그분은 언젠가 마계로 건너가서 마왕 유레아즈를 제거하실지도 몰라."

그 말에 포르티와 아그노스의 표정은 더욱 경악으로 물들었다.

"인간이 마왕 유레아즈를 죽인다고? 무슨 그런 터무니없는 말을 하느냐?"

"내 말이 터무니없는지는 그때 가 보면 알게 되겠지. 지금 중요한 건 조만간 너희 드래곤들에게 매우 큰 불행이 닥칠 수도 있다는 거야. 마스터의 성질은 멋들어진 외모와는 달리 상당히 더럽거든."

엘리나이젤이 고개를 끄덕이며 동조했다.

"흐흐! 맞다. 로드께서 이 사실을 알게 되면 멍청한 드래곤들은 모조리 목이 잘려 나뒹굴게 될지도 모르지."

포르티가 인상을 찌푸렸다.

"나는 그가 그토록 강하다는 말을 믿을 수 없다."

그러자 엘리나이젤이 비릿한 미소를 지으며 말했다.

"너흰 내가 공연히 허풍을 떠는 거라 생각하나 보군. 엘프의 수호 정령으로서 맹세컨대 내 말은 진심이고 조금의 거짓도 없다. 나의 마스터는 너희들의 로드보다 훨씬 강하다."

"그, 그럴 리가!"

포르티와 아그노스의 안색이 굳어졌다. 엘리나이젤이 자신의 이름을 걸고 맹세한다면 그의 말은 틀림없이 사실일 것이다.

그렇다 해도 그들로서는 그토록 강한 인간이 존재한다는 것을 믿기 힘들었다.

'그가 푸르카 님보다 강하다고? 인간 주제에 어찌?'

아그노스의 놀라움은 특히 컸다.

천 년 전 하프 머맨인 필리우스가 드래곤 로드 푸르카

못지않은 능력을 가지고 있을 때 그녀는 그에게 엄청난 경이감과 동시에 경외감을 느꼈지 않았던가?

하프 머맨들은 보통의 인간보다는 강하지만 그렇다 해서 드래곤에 비할 수 있는 존재는 아니었기 때문이다. 그런데도 필리우스는 그 한계를 초월해 가히 드래곤 로드에 육박하는 절대자의 영역에까지 올랐다. 그것이 아그노스에게는 정말로 신비롭고 대단한 충격이었다.

그런데 하프 머맨도 아닌 순혈의 인간이 절대자의 경지에 이르렀을 줄이야. 그 말을 듣는 순간 아그노스는 이상하게 가슴이 두근거렸다.

'아, 정말로 그것이 사실이라면 그는 실로 대단한 존재일 거야. 그를 꼭 한번 만나 보고 싶구나.'

아그노스는 문득 천 년 동안 간직해 왔던 필리우스에 대한 집착이 홀연 사라질지도 모른다는 이상한 예감이 들었지만 개의치 않았다. 그보다 오히려 마음속에 알 수 없는 새로운 설렘이 생겨나는 것을 반기고 있었다.

그녀는 이내 정색을 하며 말했다.

"엘리나이젤! 아르나! 일단 나는 가서 너희들의 로드를 만나 보마. 만일 그가 정말로 우리들의 로드보다 강하고 현명하며, 또 의롭다면 그땐 나도 너희들의 편에 서서 마족들과 싸울 생각도 있다."

포르티도 말했다.

"나도 마찬가지다. 그가 정말로 로드를 능가하는 힘이 있다면 그가 설사 인간이라 해도 나는 그를 도와 마족들을 상대할 생각이다."

그러자 엘리나이젤이 씩 웃었다.

"너희들, 그래도 아주 멍청하지는 않구나. 하긴 드래곤이 마족들의 편에 선다는 건 수치스러운 일 아니겠느냐? 부디 현명한 판단을 하기 바라겠다, 친구들이여!"

"충고해 줘서 고맙군. 그럼 또 보자, 엘리나이젤."

곧바로 포르티와 아그노스는 동쪽 하늘로 날아오르더니 순식간에 시야에서 멀어졌다.

그들이 사라지자 아르나가 문득 엘리나이젤을 향해 말했다.

"엘리나이젤, 저들은 엘프들이냐? 왠지 예전과는 기운이 많이 다른데?"

그사이 엘프들이 호숫가로 대거 모습을 드러내고 있는 것을 발견한 아르나가 그들을 보고 이상함을 느낀 것이었다.

엘리나이젤은 고개를 끄덕였다.

"저 아이들은 예전과 달라진 게 맞다. 네게는 마스터, 내게는 로드이신 그분으로 인해 새롭게 각성한 엘프들이니까."

"웬 각성?"

"설명하기 귀찮군. 두고 보면 알게 될 거다."

"뭐, 식구들이 많아지니 심심하진 않겠어. 그동안 좀 적적했거든."

"아르나! 혹시 장난질을 할 것이라면 관둬라. 이곳 트레네 숲이 저 아이들의 새로운 터전이 될 것이다. 엘프들은 무려 백 년 동안 오크들에게 핍박을 당했던 불쌍한 아이들이니 공연히 장난질로 괴롭히지 말아 다오. 부탁이다."

그러자 아르나는 싱긋 웃었다.

"쓸데없는 걱정은. 난 예전처럼 공연히 남을 괴롭히는 짓 따위는 하지 않으니 염려 마."

"그렇다니 다행이군."

"그리고 앞으로 내 도움이 필요한 게 있으면 부담 갖지 말고 뭐든 얘기해."

순간 엘리나이젤은 놀란 표정을 지었다. 아르나가 이렇게 착한 말을 할 줄이야.

"너 정말로 그 불량 정령 패거리의 수괴 아르나 맞냐?"

라고 문득 외치고 싶었지만 그는 참았다.

'로드의 말씀대로 반성을 많이 하긴 했나 보군.'

대신 그는 고개를 돌려 반대편 호숫가를 쳐다봤다.

"그러고 보니 저들은 마스터의 다른 부하들이냐?"

"응?"

아르나가 살펴보니 그곳엔 알렌과 탈룬, 그리고 숲의 초대형 몬스터들이 두 눈을 휘둥그레 뜬 채 이쪽을 바라보고 있었다.

"말해 주지. 한쪽은 보호해야 할 중요한 손님 일행. 다른 쪽은 마스터의 부하들이야."

곧바로 아르나는 엘리나이젤에게 트레네 숲의 구성원들에 대한 자세한 설명을 해 주었다.

엘리나이젤은 고개를 끄덕였다.

"이제 나는 이 트레네 숲의 모든 나무 정령들과 힘을 합쳐 숲 전체를 아우르는 방대한 보호 결계를 펼칠 작정이다. 이상 없이 마무리되면 앞으로 마족들이 이 숲에 절대 침입하지 못하게 될 거다."

"그거 좋은 생각이네."

"하지만 결계가 생긴다 해도 드래곤들과 같은 강적들이 나타나면 네가 그들과 싸워 줘야 한다. 그들은 결계를 파괴하는 데 탁월한 능력이 있으니 나 혼자 방어하는 데는 한계가 있어."

"그런 거라면 염려 마."

아르나는 오히려 흥미롭다는 기색이었다. 엘리나이젤은 미소 지었다.

"그럼 이제 슬슬 시작해 볼까? 그 전에 저들에게 나를 소개해야겠군."

엘리나이젤은 곧바로 숲의 초대형 몬스터들에게 자신의

존재를 알렸다.

"들어라! 나는 로드이신 무혼 님의 뜻을 따르기 위해 이 숲에 온 엘프의 수호 정령 엘리나이젤이다……."

엘프의 수호 정령이 무혼의 부하가 되어 엘프들과 함께 트레네 숲에 왔다는 사실을 알게 되자 숲의 모든 초대형 몬스터들은 깜짝 놀라며 두려워 떨었다. 엘리나이젤은 몬스터들에게 있어 가히 드래곤과 다를 바 없이 지고한 존재였기 때문이었다.

"모두 안심하라. 로드의 부하인 너희들은 모두 엘프들의 친구이다. 나는 엘프들을 돌보듯 너희들을 돌보며 지켜 줄 것이다."

엘리나이젤은 인자한 미소를 지으며 초대형 몬스터들을 안심시켰다.

그러자 잠시 후 트롤 모리스가 황급히 달려와 정중히 고개를 숙이며 말했다.

"존귀하신 엘프의 수호 정령께서 로드와 뜻을 같이하신 다니 저로서는 이보다 기쁠 수가 없습니다."

"네가 바로 모리스인가? 로드께서 네 칭찬을 많이 하셨지. 마족 놈들로부터 이 숲을 지키려면 모두가 힘을 합해야 하니 앞으로 나를 많이 도와줬으면 한다."

"우케켓! 물론입니다."

"한 가지 좋은 소식을 알려 준다면, 조만간 엘프들에 이어 트롤과 오우거, 미노타우루스, 사이클롭스, 자이언트 오크들도 모두 노예에서 방면되어 이곳으로 올 것이다."

그러자 모리스뿐 아니라 오우거 제리드와 미노타우루스 로드릭을 비롯한 모든 초대형 몬스터들이 환호성을 질렀다.

"오워어어어! 그게 정말이십니까?"

"쿠워어어허! 그렇게 기쁜 일이!"

"크카카캇! 이게 혹시 꿈은 아니길!"

엘리나이젤은 그들이 기뻐하는 모습을 담담히 웃으며 지켜보다가 말했다.

"계속해서 로드의 뜻을 전하겠다. 조만간 우리는 사악한 마족들과 전쟁을 벌이게 될 것이다. 그들에 맞서 이 평화로운 숲을 지키려면 모두 수련에 힘써야 함을 잊지 말도록!"

"오워어어어어! 물론입니다."

"쿠워어어! 우리는 강해질 것입니다."

몬스터들이 일제히 포효를 질렀다.

그들의 투혼에 번뜩이는 강렬한 눈빛을 본 엘프들은 크게 감명을 받았고, 자신들도 수련에 최선을 다할 것을 다짐했다.

엘리나이젤이 다시 크게 외쳤다.

"숲에 있는 모든 로드의 권속들이여! 너희들은 비록 종족은 다르지만 로드의 뜻 아래 모인 이상 친구이며 가족이나 마찬가지다. 부디 이전의 은원에 대해서는 모두 잊도록 해라."

친구이며 가족이라는 말에 모두들 어색한 표정을 지었다. 지금껏 초대형 몬스터들이 엘프들과 친구가 되었던 적은 단 한 번도 없었으니 말이다. 하물며 가족은 더더욱 말할 것도 없었다.

그러나 수호 정령 엘리나이젤의 말에 엘프들은 이내 호의적인 표정을 지으며 초대형 몬스터들을 쳐다봤다.

"숲의 친구들이여! 엘리나이젤 님의 말씀대로 우리 엘프들은 너희들을 친구로 생각하겠다. 너희들도 부디 우리를 친구로 생각해 다오."

그러자 몬스터들의 눈빛이 살짝 흔들렸다.

그들은 비록 엘리나이젤의 명령이 있긴 했지만 엘프들이 선뜻 자신들과 친구가 되자고 말할 줄은 몰랐다. 모두들 어색한 표정으로 어찌해야 할지 고민하는 기색이었다.

그런데 그때 오우거 하나가 돌연 엘프들이 있는 쪽을 향해 성큼 걸어가는 것이 아닌가?

"오우어어! 나는 오우거 제리드. 예전엔 너희들과 사이가 좋지 않았지만 앞으로는 잘 지내보자. 맹세컨대 절대 너희들을 괴롭히지 않으마."

모두가 고민하는 사이 가장 먼저 결단을 내린 것은 제리

드였다.

　트레네 숲에 있는 오우거들의 대장인 제리드가 걸어 나와 우렁차게 외치자 엘프들은 놀랐다.

　곧바로 엘프들 중에서 날카로운 눈매의 은발 청년 하나가 앞으로 걸어 나왔다. 그는 제리드를 두려워하는 기색이 없이 당당한 표정으로 말했다.

　"만나서 반갑군, 제리드."

　제리드는 반색하며 손을 내밀었다.

　"용기 있는 엘프! 너의 이름은?"

　오네트는 제리드의 손을 맞잡으며 대답했다.

　"오네트."

　"오……네트? 앞으로 잘 부탁한다."

　"후후, 너처럼 멋진 오우거와 친구가 되다니 기쁘군. 나야말로 잘 부탁한다."

　"오우어어! 좋아. 네 녀석 마음에 드는걸."

　그러자 그들에 이어 다른 초대형 몬스터들과 엘프들도 서로를 소개하기 시작했다.

　처음에는 다소 어색하기도 했지만 순식간에 어색함은 사라지고 모두들 마치 오랜 친구들처럼 화목한 웃음을 지었다.

　'오! 저럴 수가!'

　알렌과 탈룬은 한쪽에서 그 장면을 신기하다는 듯 쳐다

보고 있었다.

그들은 몬스터들과 엘프들이 대화를 나누는 내용은 알아듣지 못했지만, 엘프의 수호 정령 엘리나이젤이 하는 말은 알아들을 수 있었다.

"허, 그것 참! 오우거와 엘프가 친구가 되다니. 어디 가서 말을 해도 믿지 않을 거야. 그런데 엘프들의 외모가 듣던 바와는 조금 다르군."

알렌의 말에 탈룬도 고개를 끄덕였다.

"엘프들은 모두 금발에 순한 인상을 가지고 있다 들었는데, 저기 있는 엘프들은 모두 은발이고 인상도 상당히 차가워 보입니다."

"엄밀히 말하면 차갑다기보다는 강인해 보이는 게 맞지. 강인하면서도 맑은 눈빛을 가지고 있다는 게 특이해. 그보다 전설로만 듣던 엘프의 수호 정령을 내 눈으로 보게 될 줄은 몰랐어. 정령이라서 그런가? 정말 잘생겼군."

"그러게 말입니다."

알렌과 탈룬은 엘리나이젤의 신비하고 멋진 외모에 감탄했다. 그러다 탈룬이 문득 말했다.

"그런데 아까 잠깐 나타났다가 다시 사라진 그 남녀는 누구일까요?"

"글쎄. 나라고 어찌 알겠느냐? 아마 또 다른 정령들이 아니겠느냐?"

"아마 이 숲처럼 정령이 자주 나타나는 곳도 없을 겁니다."

드래곤들과 정령들의 대화는 이곳 호숫가에서 상당히 떨어진 곳에서 조용히 이루어진 것이라 알렌 등은 그들의 대화를 들을 수 없었다. 그저 멀리서 신기한 표정으로 지켜보고만 있었다.

심지어 엘리나이젤이 자신의 정체를 크게 밝히기 전에는 그가 엘프의 수호 정령이라는 사실도 몰랐다. 그러다 보니 홀연히 사라진 두 남녀가 드래곤인 사실도 알 리가 없었다.

"그나저나 저 한스라는 녀석은 몬스터들의 말을 다 알아듣는 건가? 험악한 몬스터들 사이에서 잘도 지내는군그래."

알렌이 한스를 가리키며 말했다. 한스는 몬스터들과 함께 엘프들 사이에 있었고 엘프들은 인간인 한스를 스스럼없이 대하고 있었다. 아름다운 미녀 엘프들 사이에서 함박웃음을 짓고 있는 한스를 보더니 탈룬이 두 주먹을 불끈 쥐고 말했다.

"백작님, 우리도 저 아름다운 엘프들과 친구가 될 좋은 기회입니다."

"흐흐! 못 갈 것도 없겠지."

알렌과 탈룬은 의기양양한 표정으로 엘프들이 있는 곳

을 향해 걸어갔다.

"하하하! 난 고바 제국의 알렌 백작이오. 반갑소, 엘프 친구들이여!"

"나는 알렌 백작님의 기사인 탈룬이오. 당신들과 친구가 되고 싶어 왔소."

그러나 엘프들은 힐끗 고개를 돌려 알렌 등을 쳐다만 볼 뿐 선뜻 다가와 인사를 하지 않았다.

물론 그렇다 해서 알렌 등에게 적의를 드러내거나 하는 것도 아니었지만, 알렌 등을 경계하는 기색은 역력했다.

무안해진 알렌 등은 잠시 서 있다 머쓱한 표정으로 돌아왔다.

"엘프들이 저 한스라는 녀석에게는 잘 대해 주면서 왜 우리들은 차별하는 건가?"

"생긴 걸로 보면 백작님이나 제가 저 녀석보다 낫지 않습니까? 아무래도 엘프들은 못생긴 인간을 선호하는가 봅니다."

알렌은 혀를 찼다.

"쯧! 말은 바로 해야지. 나라면 모를까 어딜 네 녀석의 외모가 저보다 낫다는 거냐?"

그러자 탈룬은 자신의 얼굴을 문지르며 힘차게 말했다.

"이거 왜 이러십니까? 제 얼굴이 저 한스라는 녀석보다는 당연히 잘생겼지요."

"흠, 투박한 외모로 잘생긴 순위를 매긴다면 네 말이 맞다. 하지만 엘프들이 과연 그런 기준을 가지고 있을지는 의문이구나."

"크으! 제 얼굴이 투박하다니 정말 너무하시는군요. 저도 술집에 가면 아름다운 여급들이 줄을 섭니다. 저와 하룻밤을 보내려고 안달이 난 여급들이 얼마나 많은 줄 아십니까?"

"그래? 거기가 어느 술집이냐? 가서 확인해 보기 전에는 믿을 수 없다."

"크흐흐! 못 갈 것도 없지요."

그렇게 옥신각신하는 알렌 등을 향해 루인이 걸어 나왔다.

"아빠! 대체 무슨 일이에요?"

알렌과 탈룬의 난폭한 대결에 화가 나 방으로 들어갔던 그녀는 바깥에서 무슨 일이 벌어졌는지 알지 못했다. 조금 전 창문을 통해 밖을 쳐다보던 그녀는 낯선 이들이 잔뜩 나타나 있는 것을 보고 놀란 상태였다.

"루인, 저길 봐라. 말로만 듣던 엘프들이 잔뜩 나타났단다! 그리고 저쪽은 엘프의 수호 정령이라는구나."

알렌은 루인에게 조금 전 벌어진 상황을 자세히 설명해 주었다. 숲에 엘프들뿐 아니라 엘프의 수호 정령까지 나타났다는 말에 루인의 두 눈은 커졌다.

그런데 그때 엘리나이젤이 그들을 향해 걸어오는 것이 아닌가?

"반갑소. 나는 엘프의 수호 정령 엘리나이젤이오."

알렌 등은 놀란 표정으로 즉시 예의를 갖춰 말했다.

"고바 제국의 알렌 백작이오."

"루인이 엘프의 수호 정령님을 뵈어요."

"기사 탈룬입니다. 엘프의 수호 정령님을 만나 뵙게 되어 실로 영광입니다."

엘리나이젤은 빙그레 웃었다.

"알고 있소. 당신들이 로드의 손님이라는 사실도."

"로드라면? 혹시?"

알렌은 사실 이미 어느 정도 짐작은 하고 있었지만 그래도 혹시 몰라 물었다. 엘리나이젤은 빙긋 미소를 지으며 고개를 끄덕였다.

"그렇소. 당신들을 손님으로 초대한 그분이 바로 나의 로드시오. 지내는 데 불편함은 없소?"

"불편하다니요. 우린 너무 잘 지내고 있소."

"그렇다니 다행이오. 당신들이 이 숲에서 지내는 데 불편함이 없도록 하라는 로드의 당부가 있었으니, 앞으로 혹시 불편한 것이 있으면 뭐든 말해 주시오."

"허허! 배려 감사하오."

알렌은 속으로 무척 놀랐다. 정말로 짐작대로 엘리나이

젤이 무혼의 부하였다니.

　'허어! 몬스터들과 물의 정령을 부하로 두고 있는 것도 놀라운데 이젠 엘프의 수호 정령까지! 대체 그의 정체는 무엇인가?'

　가면 갈수록 무혼의 정체에 대해 궁금해지는 알렌이었다. 그때 탈룬이 엘리나이젤에게 조심스레 물었다.

　"저 죄송하지만 질문이 하나 있습니다."

　"부담 갖지 말고 얘기해 보시오."

　"헤헷! 그게…… 어째서 저 엘프들이 우리에게는 마음을 열지 않는지 궁금해서 말입니다. 대체 왜 엘프들이 저 험악하게 생긴 몬스터들과는 쉽게 친구가 되면서 우린 경계하고 있을까요?"

　엘리나이젤은 미소 지었다.

　"엘프들은 본래부터 인간들을 경계하고 있으니 마음을 열기란 쉽지 않을 것이오."

　그 말에 알렌과 탈룬은 어리둥절했다. 알렌은 한스를 가리키며 물었다.

　"그렇다면 저 한스라는 녀석은 어찌 저리 쉽게 친구가 된 것이오?"

　"한스는 인간이라 해도 로드의 권속인 이상 엘프들이 경계할 이유가 없소. 하지만 당신들은 외부의 손님이니 저들에겐 경계의 대상이 될 수밖에 없지 않겠소?"

엘리나이젤의 대답을 들은 알렌과 탈룬은 그제야 엘프들이 자신들을 경계하는 이유를 알았다. 그리고 한스를 스스럼없이 친구로 받아들이는 이유도.

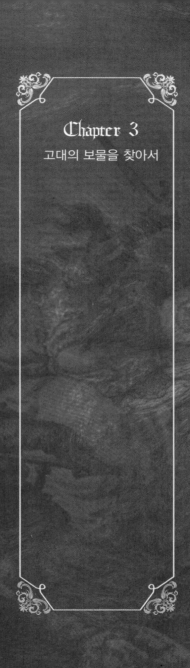

Chapter 3
고대의 보물을 찾아서

휘이익!

오크 하나가 상공으로 비상했다. 놀랍게도 오크는 산봉우리 정상에 있는 나무를 딛고 날아올라 구름 위로 비상한 후 아래로 느긋하게 활강 비행을 시작했다.

난데없는 오크의 출현에 구름 아래로 날고 있던 새들이 놀라 흩어졌다. 그러다 새들은 하늘을 날고 있는 오크를 신기하다는 듯 쳐다봤다.

휘이이이이이—

그 오크는 다름 아닌 무혼이었다. 카탁티스 산에서 마족 카수스를 놓친 이후 무혼은 오크 제국의 중부를 향해 계속

이동 중이었다. 바람의 정령 실피가 무혼의 품에 안긴 채로 아래를 가리켰다.

"마스터! 저기 멀리 안개가 보이시나요?"

그러고 보니 전방 멀리 잿빛의 안개가 자욱한 숲이 모습을 드러내고 있었다. 가히 트레네 숲 못지않은 방대한 크기의 숲이었다.

"저 숲은 외부와 차단되는 신비한 결계가 펼쳐져 있어요. 특히 저 안개 때문에 저곳을 회색 안개의 숲이라고도 불러요."

"외부와 차단되어 있다면 아무도 들어갈 수 없다는 것이냐?"

"들어갈 수는 있어요. 다행히 한 곳의 통로가 존재하거든요. 그런데 그 통로는 오직 정령들만 통과가 가능해요."

"정령들만 통과가 가능하다니. 특이한 일이로군."

"호호! 그래서 저 숲을 정령의 숲이라고도 부른답니다."

이로이다 대륙이 생겨날 때부터 존재했다는 신비의 숲. 오직 정령들만 들어갈 수 있다는 회색 안개의 숲은 겉에서 볼 때는 그저 칙칙하게만 느껴질 뿐 무슨 대단한 게 있는 것 같지는 않아 보였다.

"실피, 너는 정령이니 들어가 보았겠지? 저 안에 들어가면 뭐 좋은 것이 있느냐?"

"글쎄요. 고대로부터 저 숲에는 정령석이 많이 나기로

유명하다지만 사실 저는 한 번도 들어가 본 적이 없어서
잘 몰라요."

실피는 돌연 시무룩한 표정으로 대답했다. 무혼은 물었
다.

"왜 들어가 보지 않았느냐? 잘하면 정령석을 얻을 수도
있었을 텐데."

"저 숲에 들어가고자 하는 정령들이 무척 많다 보니 숲
을 장악한 상급 정령들이 출입에 제한을 뒀거든요."

"제한?"

"숲에 들어가려면 문지기 정령의 시험을 통과해야 한다
고 들었어요."

그러나 적어도 중급 정령이 아니면 그 시험을 볼 기회를
주지 않는다 했다. 그러다 보니 하급 정령이었던 실피로서
는 정령의 숲에 들어가 볼 엄두도 내지 못했던 것이다.

"지금 넌 중급 정령이니 시험을 볼 자격은 있겠구나."

"후후, 물론이죠. 사실 들어가 보고 싶긴 하지만 제겐
이미 정령석이 충분하니 괜찮아요."

"하긴 그렇군."

무혼은 미소 지었다. 엘리나이젤에게 받은 정령석들을
아침저녁으로 한 알씩 복용하고 있는 실피로부터 날이 갈
수록 강인한 기운이 풍겨 나오고 있었다. 조만간 그녀는
상급 정령이 될 것이니 굳이 정령의 숲에 있다는 정령석들

에 미련을 둘 필요는 없을 것이다.

"저 정령의 숲 사방에는 방대한 지하 미로가 존재해요. 마스터께 말씀드린 보물은 그 지하 미로의 한 곳에 있죠."

정령의 숲 주변에 지하 미로가 있다니 특이한 일이었다.

"방대한 지하 미로라? 자연적으로 생성된 것이 아니라면 누군가 일부러 지하에 미로를 파 놓았다는 것인데?"

"그 미로는 고대의 영마대전 때 생겨났다고 들었어요."

"고대의 영마대전?"

"저와 같은 정령들에게 내려오는 전설이 있어요. 아주 오래전 정령들과 마족들 간에 큰 전쟁이 있었다는 전설이죠."

영마대전(靈魔對戰)은 이로이다 대륙의 정령들과 마족들 간에 벌어진 큰 전쟁으로 그 구체적인 시기가 언제인지는 정확히 알려져 있지 않았다. 어떤 이는 수천 년 전의 일이라 하고, 또 다른 이는 수만 년도 더 된 아득한 고대의 일이라고도 했다.

확실한 건 아주 오래전의 일이라는 것! 당시 이로이다 대륙을 장악한 마족의 횡포를 보다 못한 정령들이 그들에게 선전포고를 함으로써 전쟁이 시작되었다고 했다.

선전포고 이후 정령들은 이로이다 대륙 도처에 출몰한 마족들과 치열한 전투를 벌였다.

그러나 평화로운 이로이다 대륙에만 살고 있던 정령들

이 마계의 수많은 전쟁에서 단련된 마족들을 어찌 당해 낼 수 있겠는가?

정령들은 결코 약하지 않았지만 마족들은 그에 비할 수 없이 강했다.

정령들은 대부분의 전투에서 패배했고, 수많은 정령들이 죽음을 당했다. 간신히 살아남은 정령들은 모두 이곳 정령의 숲으로 도피했다.

곧바로 정령들을 추격해 온 마족들은 총공격을 감행했지만 오직 정령체만 통과가 가능한 정령의 숲 결계의 통로는 마족들의 진입을 허락하지 않았다.

그러자 마족들은 그동안 사로잡은 정령 포로들의 의지를 제압해 암흑의 정령 부대를 편성했다.

암흑의 정령들은 비록 마족의 부하가 되었지만, 본래 정령체를 가진 정령이기에 정령의 숲에 들어가는 데 문제가 없었다.

그로 인해 얼마 후 정령의 숲에 모인 정령들과 마족의 권속이 된 암흑의 정령들 간에 치열한 전쟁이 벌어졌다.

그러나 마족들이 아닌 암흑의 정령 부대만의 힘으로는 최후의 방어진을 펼친 이로이다 대륙의 정령들을 제압하기란 불가능했다. 결국 정령의 숲 안으로 진군해 들어간 암흑의 정령 부대는 전멸하고 말았다.

그래도 마족들은 집요했다. 그들은 정령의 숲을 두르고

있는 결계에 어딘가 틈이 있을 것이라 확신하고는 그 틈을 찾기 위해 온갖 방법을 다 동원했다.

그중의 하나가 바로 지하 동굴을 파는 것이었다. 지상이 아닌 지하라면 틈이 존재하리라 확신했는지, 마족들은 이종족의 하나인 라따들을 대거 불러와 동굴을 파기 시작했다.

"라따? 그런 이종족도 있느냐?"

"라따는 고대에 존재했다는 전설의 이종족이에요. 머리는 쥐의 형상에 몸체는 인간과 흡사한데 키는 어린아이처럼 작다고 했어요. 두더지처럼 지하에서 생활하며 동굴을 파는 데 매우 탁월한 능력을 가지고 있었다고 하죠. 지능이 뛰어나 고도의 지하 문명도 갖추었다는 얘기도 있어요."

동굴을 파는 데 탁월한 능력이 있는 이종족이 있었다니 신기한 일이었다.

"하지만 라따들도 결계의 틈을 찾아내는 데는 실패했어요. 그래서 분노한 마족들은 라따들을 모두 죽여 버렸다 했죠."

그 말에 무혼은 인상을 살짝 찌푸렸다.

"설마 라따들을 멸종시켰다는 말이냐?"

실피는 고개를 끄덕였다.

"전설에 의하면 당시 살아남은 라따는 오직 하나뿐이었

어요."

그렇다면 사실상 멸종시킨 것이나 마찬가지 아닌가? 한 때 이로이다 대륙에서 방대한 지하 문명을 구축했다던 라따들이 그렇게 자취를 감추게 되었을 줄이야.

물론 전설이라고 하니 실제로 그런 일이 고대에 있었는지는 알 수 없는 일이었다. 그러나 무혼은 문득 마족들이라면 충분히 그런 잔인한 일을 벌이고도 남음직하다는 생각이 들었다.

"그 이후로 마족들이 또 다른 방법을 동원했느냐?"

"그런데 그때 다행히 드래곤들이 나타났어요. 무슨 이유에선지 그동안 마족들의 만행을 방관하고 있던 드래곤들이 갑자기 마족들과 대대적인 전쟁을 벌인 것이죠. 마족들은 그 전쟁에서 패배해 마계로 도주했어요."

"드래곤들이 왜 진작 마족들을 쫓아 버리지 않았을까?"

무혼은 드래곤에게 마족들을 충분히 물리칠 힘이 있었다면 진즉에 나서 주었어야 했다고 생각했다. 그랬다면 수많은 정령들이 죽었다던 영마대전이나 라따들이 멸종되는 참극이 벌어지지 않았을 테니 말이다.

실피는 고개를 흔들었다.

"그 이유는 모르겠어요. 사실 그건 모두가 궁금해하는 사실이지만 드래곤들의 마음은 워낙 변덕스러워서 그들의 기분을 짐작하기란 힘들다고 해요. 특이한 건 시간이 흐른

후에 이상한 소문이 돌았다는 것이죠."

"이상한 소문?"

"영마대전 이후 유일하게 살아남은 라따가 놀랍게도 정령의 숲에 들어갔다는 전설이 전해져 내려오거든요. 결계에 틈이 없다면 그런 일은 절대 벌어질 수 없어요."

"그 라따가 정말 결계의 틈을 찾았을까?"

"그저 전설일 뿐이지만 많은 정령들이 그걸 사실이라 믿고 있어요. 특히 저와 같은 하급 정령들에게는 유일한 희망이기도 하죠. 만일 정령의 숲에 펼쳐진 결계의 틈과 연결된 통로를 찾을 수 있으면 그곳에 몰래 들어가 정령석을 찾을 수도 있으니까요."

"너도 그 지하 미로에 오래 있었느냐?"

"한 백 년쯤요."

무혼은 혀를 찼다.

"희박한 가능성에 희망을 걸고 무려 백 년을 보내다니 어이없구나."

"호호! 그렇긴 해요. 하지만 아마 지금도 수많은 하급 정령들이 지하 미로를 찾아 헤매고 있을걸요."

어쩌면 뜬구름을 잡는 것 같은 허황된 전설일 뿐이지만, 그나마 그것이라도 붙들지 않으면 하급 정령들에게는 아무런 삶의 희망이 없다는 것이다.

"그런데 그 와중에 저는 고대의 책들이 잔뜩 묻혀 있는 곳을 발견했지 뭐예요. 저는 글자를 잘 몰라 확신할 수는 없지만 왠지 중요한 마법서나 고대 주술서 같았어요."

"그사이 너 말고도 다른 누군가 그곳을 발견하지 않을 리 없을 텐데 여전히 그 책들이 남아 있을지는 의문이다."

"대부분의 정령들은 책들에 전혀 관심이 없답니다. 또한 그곳은 정령이 아니면 들어가기 힘든 험한 곳이라 다른 누군가가 그 책들을 손댔을 가능성은 거의 없어요."

"그렇다면 다행이로군. 어서 나를 그곳으로 안내해라."

"네, 마스터."

무혼의 품에 있던 실피가 훌쩍 앞으로 날아갔다. 그녀는 정령의 숲 남쪽 외곽에 위치한 절벽 지대로 무혼을 안내했다.

"따라오세요. 저기가 미로의 입구예요."

절벽의 중앙에 커다란 동굴이 위치해 있었다. 실피를 뒤따르려던 무혼은 문득 고개를 들어 하늘을 쳐다봤다.

그곳에는 아까 무혼의 출현에 놀라 흩어졌던 새들이 머물러 있었다.

무혼의 생각에 새들이 놀랐다면 멀리 달아났어야 정상이었다.

그러나 새들은 언제 놀랐냐는 듯 다시 그 자리에 모여 있었고 오히려 그 숫자는 더 많아지고 있었다.

'특이하구나. 새들이 몰려드는 이유는 뭔가?'

혹시 마족들이 조종하는 새들은 아닌지 의심이 들었다. 그러나 새들로부터 진원마기의 기운은 전혀 풍겨 나오지 않았다.

'내가 너무 과민한 것인지도 모르지만 만일의 상황에 대비를 해 두는 게 좋겠군.'

무혼은 주위를 살피며 실피와 함께 동굴로 진입했다.

동굴의 내부는 실피의 말대로 무척 험했다. 도처에 위험한 낭떠러지가 위치해 있었고 깊이를 알 수 없는 무저갱과 같은 곳도 적지 않았다. 정령이 아닌 보통의 인간이나 몬스터들이라면 진입이 거의 불가능해 보였다.

물론 절대지경의 경공술을 펼칠 수 있는 무혼에게는 그러한 것들이 조금도 불편함을 주지 않았다. 무혼은 마치 바람처럼 사뿐하게 실피의 뒤를 따라갔다. 꼬불꼬불 이어지는 동굴에서 두 갈래, 혹은 세 갈래로 나뉘는 갈림길이 수도 없이 많았다.

"동굴이 생각보다 꽤 길고 복잡하구나."

"아직 놀라시기는 일러요. 이제 미로의 초입일 뿐인걸요."

"이게 겨우 초입이란 말이냐?"

"이 미로에 들어오면 어지간한 정령들도 한동안 길을 잃고 헤매죠. 하지만 누구든 백 년 정도 지내다 보면 눈을 감고도 모두 기억할 수 있어요."

무혼은 고개를 끄덕였다.

"하긴 백 년이란 긴 세월은 그것을 가능하게 하고도 남음이 있겠지."

"호호! 그러니 저만 믿고 따라오세요."

실피는 무혼이 뒤따르다 혹시 다른 길로 빠질까 염려되는 듯 간혹 뒤를 돌아보았다. 그러나 무혼의 표정은 여유롭다 못해 한가했다.

빛이 들지 않는 암흑의 공간이었지만, 암흑을 대낮처럼 투명하게 꿰뚫어 볼 수 있는 무혼에게 동굴 속은 훤한 바깥과 다를 바 없으니까.

팟— 파팟—

실피를 뒤따르면서 무혼은 일정 간격을 두고 은밀히 검기를 날려 동굴 곳곳에 특정한 표시를 해 두었다. 유사시 그 표시들을 확인해 이 거대한 지하 미로에서 빠져나갈 수 있도록 준비해 두기 위함이었다.

사실 동굴의 지리를 훤히 알고 있는 실피가 있으니 굳이 무혼이 그런 번거로운 일을 해 두지 않아도 출구를 찾는데 어려움이 없을 것이다. 그렇다 해도 무혼이 가진 살객으로서의 본능은 유사시의 상황에 대비하고 있었다.

'저 덜렁대는 녀석을 믿고 무작정 따라갈 수는 없어.'

실피가 중급 정령이 된 이후에는 예전에 비해 상당히 침착하고 신중해지긴 했지만, 그렇다 해도 무혼의 눈에는 여전히 여러 모로 부족해 보였다. 무작정 실피를 믿고 이 끝을 알 수 없는 미로에 들어갔다가 길을 잃기라도 한다면 낭패가 아니겠는가?

그러나 설령 실피가 길을 완벽하게 알고 있다 해도 무혼은 안심하지 않을 것이다.

세상에는 예측 가능한 일만 벌어지지 않는다. 언제 어디서 어떤 돌발 상황이 벌어질지 알 수 없는 일. 그러한 돌발 상황에 대비해 무혼 스스로 출구를 찾을 수 있어야 했다.

그런 식으로 한참의 시간이 지났을까?

동굴 속 크고 작은 갈림길을 수없이 지나치며 묵묵히 실피를 뒤따르던 무혼이 문득 말했다.

"실피, 네 말대로라면 이 동굴에 하급 정령이나 중급 정령들의 모습이 제법 보여야 할 텐데 너무 조용하구나."

그러자 앞에서 달려가던 실피가 깜짝 놀라며 멈춰 섰다.

"그리고 보니 지금쯤 그들과 최소한 수십 차례는 마주쳤어야 정상인데 단 한 번도 마주치지 않았어요."

"예전과 달리 이 동굴이 정령들에게 인기가 없어졌나 보군."

"그럴 리는 절대 없어요. 정령의 숲에 들어갈 수 없는 하급 정령들이나 중급 정령들에게는 이 미로가 유일한 희망이거든요."

그제야 실피는 뭔가 이상하다는 생각이 들었다. 어째서

이곳에 다른 정령들의 모습이 보이지 않는 것일까? 그러나 그녀가 아무리 생각해 봐도 그 이유를 떠올리기 힘들었다.

"혹시 무슨 좋지 않은 일이라도 벌어진 것일까요? 어쩌면 사악한 마족들이 나타나 정령들을 공격했을지도 몰라요."

"글쎄다. 만일 그랬다면 마족들이 가진 마기의 흔적이 느껴져야 정상이겠지."

무혼이 이곳까지 따라오는 동안 마기의 흔적은 전혀 감지되지 않았다.

"그보다 네가 말한 그 장소는 아직 멀었느냐?"

"거의 도착했어요. 이 아래로 가면 책들이 아주 많이 쌓여 있어요."

큼직한 바위의 틈 아래로 다시 지하로 통하는 굴이 있었다. 그리고 그 굴을 따라 한동안 이동하자 실피의 말대로 바닥 곳곳에 수많은 서적들의 모습이 보였다. 무혼은 그중 한 권을 들어 먼지를 툭툭 털어 냈다.

"책 위에 세월을 알 수 없을 만큼 많은 먼지가 수북하게 쌓여 있는 것을 보니 네 말대로 그동안 아무도 이 책들에 관심을 두지 않았나 보군."

"후훗, 책에 관심이 있는 정령은 없으니까요. 다른 재밌는 일이 많은데 어찌 그런 따분하기 짝이 없는 일을 하겠어요?"

순간 무혼은 어이없는 표정으로 실피를 쳐다봤다.

"책 읽는 게 뭐가 그리 따분하다는 말이냐?"

"세상에 그처럼 재미없는 일이 어디 있을까요? 저는 차라리 청소를 할망정 책은 절대 읽지 않겠어요. 절대로요!"

천성이 게으른 실피는 청소를 매우 귀찮아했다. 그런 그녀가 책을 읽느니 차라리 청소를 하겠다고 한다. 그 말을 통해 무혼은 실피가 얼마나 책을 싫어하는지 알 수 있었다.

'덕분에 이 책들이 내 손에 들어왔으니 내게는 다행한 일이야.'

특별한 주술의 힘이라도 깃들어져 있는 것인지 아득한 세월 동안 먼지로 뒤덮인 채 방치된 상태에서도 책은 썩지 않고 매우 훌륭하게 보존되어 있었다. 그러던 무혼은 책에 적혀 있는 문자들을 알아보고 놀랐다.

'이 문자들은 설마? 고대 라티지드어가 분명하다.'

라티지드어는 무혼이 트레네 숲에서 트롤 모리스와 현자 루인에게 배운 고대 언어였다. 이로이다 대륙에 존재하는 모든 언어의 기원이라 할 수 있는 라티지드어로 적혀 있는 고대 서적이라니! 무혼은 책의 내용이 무척 궁금했다.

과연 이 책을 저술한 이는 누구일까? 어쩌면 인간이 아닌 오크나 코볼트와 같은 몬스터일지도 모른다. 혹시 실피가 말한 라따들은 아닐까? 아니면 마족들이 남겨 놓은 암흑의 주술서일지도?

무혼의 뇌리에 온갖 의문들이 떠올랐다. 그런데 그러한 궁금증이 무색하게도 책의 표지를 해석해 보니 전혀 뜻밖의 제목이 적혀 있는 것이었다.

요리의 비기(秘技).

제목 그대로 요리를 만드는 방법에 대해 설명되어 있었다. 그것도 쥐의 얼굴에 사람의 몸체를 가진 라따들의 요리 비법이었다.

뭔가 그럴 듯한 주술이나 마법에 관한 내용이 아닌 요리책이란 말인가? 그것도 인간도 아닌 라따들의 요리들 말이다.

'고작 요리책이었다니.'

무혼은 왠지 실망스러운 생각이 들었지만 그래도 간단하게 책의 내용을 살펴보았다. 그러던 무혼의 두 눈이 이내 커졌다.

'이럴 수가! 이 책은 단순한 요리서가 아니다. 주술을 통해 요리에 특별한 힘을 부여하는 방법에 관해 설명해 놓은 희귀한 고대 주술서야.'

책에 설명된 요리 자체는 그리 대단치 않았다. 그저 불에 고기를 굽는다거나 야채를 소스에 버무리는 것과 같은 간단한 요리들이 대부분이었으니까.

그러나 주술을 통해 그 요리들에 각종 기괴한 능력을 부여할 수 있다는 것이 놀라운 점이었다.

예를 들면 물의 루스를 깃들여 요리한 고기를 먹으면 하루 종일 목이 마르지 않는다거나, 불의 루스를 깃들여 요리한 야채샐러드를 먹으면 한동안 혹한의 추위에서도 훈훈한 체온을 유지할 수 있거나 하는 식이었다.

'루스를 다룰 수만 있다면 별로 만들기 어렵지 않은 요리들이로군.'

루스는 주술의 근원이 되는 힘으로, 무혼은 루스를 다루는 방법에 대해 트롤 모리스에게 배웠다. 그로 인해 내공과 별도로 암흑의 루스를 자유자재로 다룰 수 있었다.

물론 이는 현재 무혼의 상단전에 존재하는 방대한 진원마기가 실상 암흑의 루스를 이루는 근원적인 힘이었기에 가능한 일로, 무혼은 그것을 통해 몇 가지 강력한 공격 주술도 펼칠 수 있었다.

또한 무혼은 암흑의 주술 이외에도 다른 매개를 활용해 물의 루스나 불의 루스와 같은 다른 속성의 루스를 다루는 방법까지 모리스에게 상세히 배웠다. 따라서 무혼이 작정하면 고대의 라따들이 제조했던 각종 주술 요리들을 만드는 것은 그리 어려운 일이 아니었다.

'이 책은 잘 챙겨 둬야겠군. 의외로 유용하게 사용할 수

있을지도 모르니까.'

무혼은 『요리의 비기』라는 제목의 그 책을 반지의 아공간으로 집어넣은 후 다른 책을 살펴봤다. 그런데 그것 또한 역시 요리와 관련된 책이었다. 다른 책들도 마찬가지였다.

그리고 그 책들에 적혀 있는 요리의 종류는 단순히 라따들이 먹는 양식에 국한되어 있지 않을 만큼 다양했다. 각종 야채나 곡물, 육류로 조리한 요리들은 라따가 아닌 인간이 먹어도 매우 훌륭한 음식이었다.

놀라운 일은 심지어 정령들을 위한 요리도 있었다. 설마 정령석을 식재료로 사용해 주술의 힘을 깃들인 기괴한 요리가 존재할 줄이야.

그 요리는 정령들이 정령석을 그냥 먹는 것에 비해 맛이 아주 기막히게 좋을 뿐만 아니라 일정 시간 동안 특별한 부가 능력까지 발휘할 수 있게 해 준다는 것이었다.

'고대의 라따들은 요리에 상당히 관심이 많았던 게 분명해. 그렇지 않다면 이토록 다양하고 많은 요리들이 존재할 리가 없겠지. 나중에 시간적 여유가 생기면 여러 가지 요리들을 실제로 만들어 보는 것도 흥미롭겠구나.'

일단 살펴본 책들은 모두 아공간으로 이동시켰다. 그러다 보니 어느새 수백 권의 요리서들이 무혼의 아공간으로 들어가 있었다.

파라라락.

무혼은 무아지경에 빠진 채 계속해서 다른 책들을 살펴봤다. 일단 이곳에 있는 책들을 모조리 아공간에 다 집어넣고 나중에 읽어 보는 방법도 있겠지만, 고대 라따들의 신비한 주술 활용에 매료된 무혼은 간략하게라도 각각의 책들을 미리 살펴볼 생각이었다.

이는 호기심 때문도 있지만, 혹시라도 암흑의 상급 주술과 관련된 책이 있지 않을까 하는 기대 때문이었다. 그러나 아쉽게도 무혼이 찾는 주술서는 보이지 않았다.

그래도 그러한 와중에 무혼은 아주 뜻밖의 수확을 얻을 수 있었다. 그 또한 요리책 중 하나였는데, 놀랍게도 요리를 통해 정령이 아닌 존재가 정령체로 변신할 수 있는, 그야말로 특별한 비기가 적혀 있었던 것이다.

'놀랍군. 이게 정말 가능하다는 말인가?'

책에 적힌 내용대로라면 무혼도 그 방법을 통해 정령체로 변신할 수 있었다. 그 상태라면 이로이다 대륙에서 정령이 아니면 들어갈 수 없는 정령의 숲에도 들어가 볼 수 있을 것이다.

'그러니까 정령석에 일정량의 루스를 수십 차례 주입한 후 그것을 먹으면 된다? 생각보다 간단하군.'

물론 그것은 무혼이 보기에만 간단한 것일 뿐 실상은 무척 난해한 조리법이었다. 체내에 방대한 루스를 쌓은 존재가 자신의 루스를 정령석에 일정량 쏟아 부은 후 특정한 주문을 외워야 하는데, 일단 정령석을 구하기가 힘들뿐더러, 설령 정령석을 구한다 해도 루스를 주입하는 절차가 상당히 복잡했다.

특히 무려 수십 차례 이상 각종 주문을 외우며 루스를 미세하게 주입해야 하는데 그 과정에서 조금만 실수해도 정령석이 깨어져 버릴 수 있기에 상당한 주의를 요했다.

그러나 진원심법이라는 세상에서 가장 복잡하고 난해한 심법을 창안한 무혼에게 있어 그 정도가 어찌 힘든 일이겠는가?

무혼은 이내 흥미를 가지고 관련 조리법을 정확하게 숙지해 두었다. 곧바로 그 책은 아공간으로 이동되었고 계속해서 무혼은 다른 책들을 살펴봤다.

그러다 또 다른 책인 『네르옹의 서』를 통해 뜻밖의 사실을 알게 되었다. 그 책은 네르옹이라는 라따가 남긴 일종의 일기 형식의 책이었는데, 그는 영마대전 당시 마족들에게 핍박당하던 라따들의 심정과 상황을 그야말로 생생하게 서술해 놓았던 것이다.

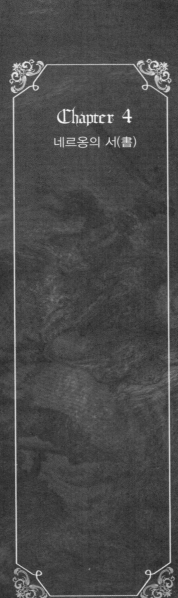

Chapter 4

네르옹의 서(書)

　통탄스럽도다. 진정 우리 라따들에게 멸망의 때
가 도래했는가. 정녕 저 사악한 악마들을 막을 용
자는 오지 않는 것인가…….

　라따족 최고의 현자였다는 대요리사 네르옹. 책의 내용
은 그의 한탄으로부터 시작되고 있었다.

　이럴 수가! 오늘도 수백이 넘는 라따들이 희생
되고 말았다. 악마들은 우리 불쌍한 라따들을 꼬
챙이에 꽂아 구워 먹었다.

사악한 마족 놈들! 오늘도 수많은 라따들이 그
놈들의 뱃속으로 사라졌다. 우리 라따들에게 힘이
없는 게 너무 분하다.

쵸으윽! 내게 힘이 있다면 얼마나 좋을까? 저
악마 놈들을 죽일 힘이 있다면…… 만일 그런 기
적이 생긴다면 맹세컨대 놈들을 세상에서 가장 수
치스러우면서도 고통스럽게! 똥물을 기름 삼아
튀겨 죽일 것이다!

이때부터 네르옹은 요리를 위한 주술이 아닌 공격을 위
한 주술에 관심을 가진 모양이었다.

그가 원하는 건 마족들을 수치스러우면서도 매우 고통
스럽게 죽이는 주술이었다. 그로 인해 똥물을 기름삼아 튀
겨 죽인다는 기괴한 공격 주술 연구가 시작된 것이었다.

'똥물로 튀긴다? 위력이 있을지는 모르겠지만 듣기만
해도 끔찍하군.'

무혼은 인상을 찌푸렸다. 공격 주술에 관심이 많은 무혼
이었지만 네르옹의 기괴한 주술은 왠지 꺼림칙하지 않을
수 없었다.

그래도 기왕에 책을 펼쳤으니 계속 읽어 보기로 했다.

책장을 넘기자 다시 네르옹의 한탄이 나와 있었다.

　드디어 완성은 했지만 쓸데없는 짓이었다. 내가
가진 불의 루스로는 놈들에게 그 어떤 해도 끼칠
수 없었다. 내가 암흑의 루스를 다룰 수 있다면 얼
마나 좋을까…….

　문맥을 보니 똥물을 기름 삼아 튀겨 죽인다는 그 기괴한
주술의 연구가 놀랍게도 성공한 모양이었다. 그러나 그 주
술이 마족들에게 위력을 발휘하려면 암흑의 루스를 바탕
으로 해야 하는데, 불행히도 네르옹은 불의 루스를 다루는
주술사라 그것이 불가능했던 것이다.

　매일 계속되는 공포! 라따들이 끝없이 죽어 간
다. 희망은 없어 보인다. 여왕마마께서는 어찌할
바를 몰라 그저 울고 계신다. 내가 죽더라도 마마
만은 보호해야 하련만…….

　여왕마마! 조금만 기다려 주시옵소서. 소신이
조만간 정령체로 변신할 수 있는 방법을 알아낼
것이옵니다. 저 사악한 마귀들의 손아귀로부터 벗
어날 수 있는 방법은 오직 정령의 숲에 들어가는

것뿐. 그곳에 들어가면 마마는 안전해질 것입니
다.

이때부터 네르옹은 마족들에게 대항하기보다는 그들을
피해 도주할 방법을 연구한 듯했다.

그에게 있어 세상에서 가장 안전한 장소는 바로 정령의
숲이었다.

네르옹은 특히 라따 여왕을 정령의 숲으로 피신시키기
위해 혼신의 힘을 기울였다. 여왕에 대한 그의 충정은 단
순한 신하로서의 충성심을 넘어서 연모에 가까웠다.

과연 그로 인해 라따 여왕은 정령체가 되어 무사히 정령
의 숲으로 피신할 수 있었을까?

'쯧.'

그러나 이내 다음 내용을 확인한 무혼은 혀를 차고 말았
다.

이럴 수가! 여왕마마마저! 그 사악한 짐승들
이 급기야 여왕마마마저! 우리 라따들을 불쌍히
여겨 달라며 호소하는 여왕마마를 놈들은 비웃으
며 꼬치에 꿰어 구워 버렸다…… 그으흐흐흑! 지
켜드리지 못한 이 불충을 용서하소서, 마마……!

안타깝게도 마족들이 라따 여왕도 잡아먹은 모양이었
다. 그 뒤로 한동안 책의 내용은 네르옹의 온갖 비통과 한
탄, 그리고 마족들에 대한 분노로 뒤섞여 있었다. 그러나
그 와중에도 네르옹은 주술에 대한 연구를 멈추지 않았다.

그러다 결국 네르옹은 그가 그토록 고대하던 정령체로
의 변신 방법을 알아냈지만, 안타깝게도 그때는 이미 네르
옹을 제외한 모든 라따들을 마족들이 죽이거나 잡아먹은
뒤였다.

　　모두가 죽었다…… 오직 나 하나만 살아남았으
　나, 나 또한 이제 마왕의 요리사가 되어야 할 불행
　한 운명이라니…….

마족들이 라따들을 학살하는 와중에도 유독 네르옹을
살려 둔 이유는 그의 탁월한 요리솜씨 때문이었다.

네르옹이 살기 위해 바친 각종 요리들의 맛에 탄복한 마
족들이 그를 마계로 데려가 마왕에게 바친다 했던 것이다.
네르옹은 꼼짝없이 마계로 끌려가 마왕의 전속 요리사가
될 운명에 처해 있었다.

바로 이때 매우 극적인 일이 발생하게 된다. 그때까지
산속에서 잠을 자며 이로이다 대륙에서 벌어지던 참상을
외면하던 드래곤들이 갑자기 나타나 마족들을 공격하기

시작한 것이다.

곧바로 마족들과 드래곤들 간에 치열한 전쟁이 벌어졌고, 마족들은 드래곤들에게 무참히 패배했다. 대부분의 마족들이 소멸되었고, 살아남은 소수의 마족들은 마계로 도주하기 바빴기에 그들 중 누구도 라따족 대요리사 네르옹에게 관심을 갖는 이는 없었다.

그렇게 이로이다 대륙에 다시 평화가 도래했지만, 네르옹은 홀로 이 동굴에 남아 자신이 가진 방대한 요리 지식에 관한 내용들을 책으로 저술하면서 여생을 보냈다.

후세에 과연 누가 있어 그 책들을 읽고 자신의 진귀한 요리 비기들을 계승하게 될지 알 수 없었지만, 그래도 네르옹은 그것들을 책으로 옮기는 데 심혈을 기울였다.

그리고 그의 생이 얼마 남지 않았을 때, 그는 어렵게 구한 정령석으로 특별한 요리를 만들어 잠시 정령체로 변신해 정령의 숲을 향해 걸음을 옮겼다.

죽기 전에 과연 정령의 숲이 어떤 곳인지 가 보고 싶었던 까닭도 있었지만, 자신이 가진 멋진 요리 비법을 정령들에게 알려 주고 싶어 한 게 가장 큰 이유였다.

그렇게 네르옹이 정령의 숲에 들어가자 정령들은 깜짝 놀랐다. 정령들에게 있어 정령의 숲에 정령이 아닌 존재가 들어온다는 것은 절대 있어서는 안 되는 일이었다.

정령들은 크게 분노하며 네르옹을 쫓아냈다. 그들은 네

르웅이 특별한 요리를 통해 잠시 정령체로 변신해 결계의 통로를 지나왔다는 사실을 짐작도 못했고, 결계의 어딘가에 틈이 있다고 여긴 듯했다.

'혹시 그 일이 계기가 되어 정령의 숲 결계에 틈이 있다는 소문이 퍼진 것이 아닐까?'

틀림없었다. 무혼은 그로써 실피와 같은 하급 정령들이 막연하게 희망을 걸고 있는 정령의 숲 결계의 틈에 대한 전설의 유래를 짐작할 수 있었다.

'그러고 보면 애초부터 결계에 틈은 존재하지 않는 것이었군.'

만일 정령들 중 누구 하나라도 이곳에 있는 책들을 읽어보았다면 정령의 숲 결계에 틈이란 전혀 없다는 것을 충분히 짐작할 수 있었을 것이다. 그러나 그 오랜 세월이 흐르는 동안 그 어떤 정령도 책에는 손끝 하나 대지 않았다.

진실은 책 속에 감추어져 있는데, 그저 근거 없는 헛소문이 전설로 이어지며 지금까지 하급 정령들의 희망이 되고 있었다니 그야말로 어처구니가 없었다.

'쯧! 나라면 책의 내용이 궁금해서라도 한 번쯤 살펴보았을 텐데.'

어쨌든 당시 정령들과 친구가 되기 위해 찾아갔던 네르웅은 정령들에게 쫓겨나자 실망을 금치 못하고 돌아왔다고 적혀 있었다. 그 후의 일이 기록되지 않은 것으로 보아

그 일이 있은 지 얼마 되지 않아 네르옹은 죽음을 맞이한 듯했다.

계속해서 무혼은 네르옹이 남긴 다른 책들을 살펴보았고, 그러던 중 네르옹 최후의 요리 비술들이 적힌 책자를 발견할 수 있었다.

프라이 인 엑스크러먼트
블레스팅 엑스크러먼트

이 기괴한 이름의 요리법들이 적힌 책의 말미에는 네르옹이 후세의 누군가에게 전하는 서신도 기록되어 있었다.

연자여! 비록 드래곤들에게 마족들이 쫓겨 갔지만, 그들은 언젠가 이로이다 대륙에 다시 나타날 것이다. 그대가 만일 암흑의 루스를 다룰 수 있다면 부디 이 궁극의 주술들을 펼쳐 마족들을 세상에서 가장 끔찍하고 잔인하게 죽여주었으면 한다.

감히 자부컨대 설령 최상급 마족이라 해도 이 주술로부터 결코 무사하지 못하리라.

'놀랍군. 최상급 마족도 튀겨 죽인다는 건가? 이런 가

공 무쌍한 주술이 존재할 줄이야.'

책의 내용을 살펴본 무혼은 가슴이 서늘해졌다. 그만큼 '프라이 인 엑스크러먼트'와 '블레스팅 엑스크러먼트'는 요리법이라기보다는 아주 끔찍하고 무서운 주술들이었다.

『프라이 인 엑스크러먼트』
주재료 — 마족
보조 재료 — 농축된 변 덩어리 한 개
조리법 — 암흑의 루스로 가열한다.
결과물 — 마족 튀김

『블레스팅 엑스크러먼트』
주재료 — 마족
보조 재료 — 농축된 변 덩어리 두 개
조리법 — 암흑의 루스를 주입해 폭발시킨다.
결과물 — 저주의 향신료

프라이 인 엑스크러먼트라는 주술을 펼치면 마족이 가공할 열기에 의해 가열되어 튀김으로 변한다 하는데 정말로 가능한지는 알 수 없었다.

또한 블레스팅 엑스크러먼트라는 주술은 그보다 훨씬 강력한 위력의 주술로 마족을 산산조각 정도가 아니라 가

루로 만들어 버리는 모양이었다. 그 가루가 바로 저주의
향신료라는 것이었다.

'끔찍하군. 얼마나 마족들에 대한 원한이 사무쳤으면
이런 무서운 주술들을 만들었다는 말인가?'

일단 이 주술들을 펼치려면 암흑의 루스를 체내에 보유
하고 있어야 하며, 동시에 농축된 변의 덩어리가 필요했
다. 대량의 변을 농축해 주먹만 한 덩어리로 만드는 방법
은 책에 아주 상세하게 설명되어 있었다.

주술의 위력은 변의 덩어리에 주입되는 루스의 양에 비
례해 강해지기에, 무혼이 작정하고 진원마기를 주입해 이
주술을 펼친다면 도대체 얼마나 가공할 위력을 발휘할지
짐작이 안 될 정도였다.

마지막으로 커스 인 엑스크러먼트라는 기괴한 저주 주
술도 하나 보였다.

『커스 인 엑스크러먼트』
— 저주의 향신료에 암흑의 루스를 주입해 집어
던져 대상의 몸에 영원한 저주의 흔적을 남긴다.

저주의 향신료에 암흑의 루스를 주입해 뿌리면 대상의
피부가 변과 같은 색으로 변함과 동시에 백배로 증폭된 악
취가 몸에서 풍겨 나온다는 것이었다. 그것도 영원히 말이

다.

'영원한 저주의 흔적이라니! 이것도 정말 끔찍한 주술이군.'

다행히 이 저주를 푸는 방법도 적혀 있었다. 사실 이 주술은 네르옹이 앞의 두 주술을 연구하다 부가적으로 얻게 된 주술이었는데, 저주의 향신료를 사용해 펼치는 만큼 최상급 마족이라 해도 이 저주를 피하기 힘들 것이라 했다.

'설명대로라면 이 세 가지 주술들은 현재 내가 가진 그 어떤 공격 주술보다 위력이 강하다고 볼 수 있겠군.'

프라이 인 엑스크러먼트나 블레스팅 엑스크러먼트의 경우 주재료가 마족이라 되어 있었지만 사실 다른 것들을 대상으로 해도 상관없었다. 그 어떤 대상에게도 펼칠 수 있는 범용적인 주술인 것이다.

암흑의 루스의 근원이라 할 수 있는 진원마기를 다룰 수 있는 무혼으로서는 뜻밖의 유용한 공격 주술들을 획득하게 된 셈이었다.

물론 그렇다 해서 이 주술들이 무혼이 가진 무공만큼 강력하다고 볼 수는 없었다. 위력만으로 치면 무혼이 가진 검법이 훨씬 강력할 것이다.

특히나 마족들과 조우했을 때 이따위 기괴한 주술들을 펼치기보다는 검강(劍罡)을 펼쳐 단숨에 제압하는 것이 무혼에게 훨씬 수월한 일이었다.

그리고 이 주술을 펼치기 위해서 필요한 농축된 변 덩어리를 만드는 작업은 무혼으로서 정말로 내키지 않는 일이었다.

　그러나 적에게 가공할 고통을 가하는 데 있어서는 이 주술을 따를 만한 것은 없어 보였다. 그야말로 마족들도 치를 떨며 공포에 떨게 할 만큼 끔찍하고 잔인한 주술인 것이다.

　'기연이라면 기연이겠지만 과연 이 주술들을 쓸 일이 있을지 모르겠다.'

　무혼은 '프라이 인 엑스커리먼트'를 비롯한 공포스러운 주술들이 적힌 책을 아공간으로 이동시킨 후 계속해서 나머지 책들을 살펴보았다.

　'하암! 졸려……!'

　한편 실피는 하품을 하며 졸음을 참고 있었다.

　'마스터는 책을 정말 좋아하시는구나. 저 따분한 일을 저리 좋아하시다니…….'

　그래도 실피는 무혼이 좋아하는 모습을 보며 무척이나 기분이 유쾌해졌다.

　'다행이야. 저 책들이 마스터께 꽤 도움이 되는 건 분명해.'

　실피는 여기 말고도 트레네 숲 서쪽, 인간들의 국가들이 있는 곳에도 이와 비슷한 규모의 고대 서적들이 숨겨져 있는 장소를 알고 있었다. 추후 그쪽을 여행하게 되면 무혼에게 그 장소를 알려줄 생각이었다.

'아함! 그래도 빨리 끝났으면 좋겠어. 정말로 심심해 죽겠구나.'

그렇게 실피가 지루해 하고 있는 동안 무혼은 도합 천여 권이 넘는 서적들을 모두 아공간으로 이동시켰다. 그런데 보물은 책들만 있는 것이 아니었다.

라따들이 사용한 것으로 추정되는 보석들과 화폐도 잔뜩 있었다. 그 화폐는 금과 은으로 만들어진 것들이라 지금도 충분히 가치가 있어 보였다.

또한 놀랍게도 흙 속에 파묻혀 있는 큼직한 상자들을 열어 보니 아주 신기한 도구들이 들어 있었다. 모두 반짝이는 황금으로 만들어진 것들로 황금 자체로도 상당한 가치가 있었지만, 그보다 요리를 만드는 데 더없이 유용한 도구들이었다.

상자에 부착되어 있는 설명서를 읽어 보니 음식이 부패되지 않게 보관하는 항아리, 루스의 기운을 살짝 주입하면 저절로 열이 가해지는 솥, 혼탁한 물을 깨끗이 정화시켜 주는 물병 등, 조리뿐 아니라 실생활에 편리한 도구들도 다수 있었다.

무혼은 돈과 보석들에 이어 그러한 도구들도 모두 아공

간으로 이동시키던 중 큼직한 항아리 하나를 발견했다. 설명서가 없어 항아리의 용도를 알 수 없었다. 무엇 때문인지 항아리의 입구는 주술로 강력하게 봉인되어 있었다.

'안에 뭐가 있기에 봉인을 걸어 둔 거지?'

봉인을 걸거나 푸는 방법은 이미 그간 책을 읽던 도중 자연스레 습득했기에 무혼은 곧바로 항아리 입구의 봉인을 풀어 보았다. 순간 항아리 안에서 상상할 수 없는 끔찍한 냄새가 풍겨 나오는 것이 아닌가?

'으윽! 이 냄새는 설마?'

무혼은 깜짝 놀라 항아리 안을 살펴봤다. 그 안에는 뭉툭한 덩어리 수십 개가 들어 있었다. 무혼의 두 눈이 커졌다.

'설마 농축된 변 덩어리라는 말인가?'

주술 『프라이 인 엑스크러먼트』와 『블레스팅 엑스크러먼트』를 위한 필수 재료인 농축된 변 덩어리가 무려 수십 개나 들어 있을 줄이야.

이는 물론 후세의 누군가를 위해 네르웅이 남겨 놓은 것이리라. 농축된 변 덩어리를 만드는 작업은 생각보다 까다로울 뿐만 아니라 매우 괴로운 일이니까.

"꺄악! 이게 무슨 냄새야!"

그때 졸고 있던 실피가 비명을 지르며 깨어났다. 그녀는 냄새의 근원지라 생각되는 항아리로부터 멀리 달아났다.

스읏.

무혼은 쓴웃음을 지으며 잽싸게 항아리의 입구를 봉인
한 후 아공간으로 이동시켰다.

"정말 지독하구나. 순수한 냄새만으로도 어지간한 몬스
터는 즉사할 정도로 독한 냄새야."

"마스터! 대…… 대체 그 냄새는 뭐였죠?"

실피는 비로소 안도하며 물었다.

"마족들에게 원한을 품은 라따가 남겨 놓은 것이지. 이
걸로 마족들을 죽여 달라고 부탁을 해 놓았구나."

그 말에 실피는 황당하다는 표정을 지었다.

"냄새가 지독하긴 하지만 정말 그걸로 마족을 죽일 수
있을까요?"

"물론이지. 아마 어지간한 마족은 물론이고 드래곤이라
도 버티기 힘들 거야."

"하긴 냄새만으로도 마족들이 쓰러질지 모르겠군요. 아
흐! 정말 두 번 다시 맡고 싶지 않은 무서운 냄새예요."

실피가 몸을 비틀며 괴로워했다. 무혼도 동조했다.

"나 역시 마찬가지다. 정말 끔찍한 냄새였다."

"그럼 그걸 사용하지 않으실 건가요?"

"지금 심정으로는 그렇지만 혹시 또 모르지. 정말로 그
걸 사용하고 싶을 만큼 화가 날 수도 있으니까 말이다."

실피는 흠칫 몸을 떨었다.

"마스터께서 그토록 화가 날 경우란 언제일까요?"

"그런 걸 왜 묻는 거냐?"

"미리 알아 둬야죠. 제가 실수라도 마스터를 화나게 해서 그걸 맞을지도 모르잖아요."

"녀석! 네가 아무리 날 화나게 한들 설마 내가 그 끔찍한 걸 던질까 싶으냐?"

"그래도 혹시 모르죠."

"그럴 리는 없다. 내가 정말 화나는 경우라면……."

그러다 무혼은 일순 침묵에 잠겼다.

실피의 질문이 다소 단순하긴 했지만 의외로 답변하기가 쉽지 않았다. 과연 스스로 주체하기 힘들 만큼 화가 치미는 경우란 언제일까?

무혼은 잠시 후 입을 열었다.

"아마 누군가 강제로 나의 자유를 억압하려 하는 경우라 할 수 있겠지. 만일 그런 놈이 나타나면 대뜸 그걸 집어던질 생각도 있다."

그러자 실피는 문득 안도의 한숨을 내쉬었다.

"하아! 다행이군요."

"뭐가 다행이라는 것이냐?"

"호호! 제가 마스터의 자유를 억압할 일은 없으니까요. 그런데 그것뿐인가요?"

"굳이 말하자면 또 하나 있겠지. 누군가 나의 믿음을 저

버리고 뒤통수를 치는 경우에도 무척 화가 날 것 같구나."

"흐음! 그것도 저와는 관련 없는 얘기네요. 전 마스터를 배신할 일은 없거든요. 마스터는 마음이 바다처럼 넓으시니 저의 작은 실수 정도는 봐주시겠죠?"

무혼은 씩 웃었다.

"쓸데없는 걱정은 말거라. 네가 실수 좀 한다고 그 끔찍한 걸 집어 던질 만큼 내가 속이 좁지는 않으니까 말이야. 그보다 여기에서의 볼일은 끝난 것 같구나. 이제 이 동굴을 빠져나가도록 하자."

실피는 반색했다.

"그럼 제 뒤를 잘 따라오세요. 길을 잃으면 미아가 되실 수도 있으니 조심하셔요."

"후후, 그럴 일은 없으니 걱정 말거라. 나가는 길은 이미 외워 두었으니까."

그 말에 실피는 눈을 가늘게 떴다.

"헤에! 설마요?"

"믿기지 않는다는 표정이구나."

"물론이죠. 아무리 마스터라 해도 그 복잡한 길을 단번에 외우기란 불가능해요."

"그럼 우리 누가 더 빨리 입구에 도착하는지 내기할까?"

그러자 실피는 흥미롭다는 듯 두 눈을 반짝였다.

"호오! 그건 제게 압도적으로 유리한 내기로군요. 그런데 내기의 조건은 뭐죠?"

"조건이라? 꼭 그런 게 있어야 되느냐?"

"이기면 뭔가를 얻는 게 있어야 내기라 할 수 있죠. 그냥은 싱겁잖아요."

무혼은 피식 웃었다.

"좋다. 네가 원하는 게 있느냐?"

"호호! 제가 이기면 소원 하나를 들어주세요."

"무슨 소원?"

"지금은 안 돼요. 이기면 말할 거예요. 이제 마스터의 조건을 말씀해 보세요."

"흠, 제법 값나가는 걸로 걸어야 흥미롭겠지? 내가 이기면 정령석 열 개 어떠냐?"

"저…… 정령석을요? 그것도 열 개나?"

실피는 흠칫 놀라는 표정을 지었다. 그러나 그녀는 당연히 자신이 이길 것이라고 확신하고 있었기에 이내 싱긋 웃으며 고개를 끄덕였다.

"좋아요. 제가 지면 마스터께 정령석 열 개를 드리겠어요."

"지고 나서 나중에 딴소리하기 없기다."

"흥! 물론이죠. 마스터야말로 딴소리하시면 안 돼요."

실피는 코웃음 치며 도발적인 눈빛으로 무혼을 노려봤

다.

무혼은 의미심장한 미소를 지으며 고개를 끄덕였다.

"그럼 시작할까?"

"둘이 동시에 출발하기로 해요."

"괜찮으니 네가 먼저 출발해라."

"훗, 사양하지 않을게요."

실피는 의기양양한 미소를 지으며 앞으로 날아갔다. 그녀의 신형이 화살처럼 어둠 속으로 사라지는 순간 무혼의 신형도 그 자리에서 사라졌다.

팟.

무혼은 눈 깜빡할 사이에 실피를 지나쳐 버렸다.

실피는 깜짝 놀랐지만 여전히 의기양양한 표정이었다.

'후후, 마스터의 속도를 제가 따를 수는 없죠. 하지만 아무리 빨라도 길을 모르면 소용없다고요.'

실피는 무혼이 분명 길을 잃고 헤맬 것이라 확신했다. 따라서 그녀는 일단 미로의 입구에 그녀가 도착했다는 증거를 남겨 두고 다시 무혼을 찾으러 들어올 생각이었다.

"......!"

그러나 실피가 미로의 입구에 도착했을 때는 무혼이 선 채로 등을 입구의 벽에 기댄 채 하품을 하고 있었다.

Chapter 5
정말 죽여주는 맛

　“하암! 이제야 왔느냐? 기다리기 지루하구나.”

　“마…… 마스터!”

　실피는 믿기지 않는다는 듯 두 눈을 부릅떴다. 무혼은
손바닥을 내밀며 씩 웃었다.

　“내가 이긴 것에 이의 없겠지?”

　“이의는 없지만…….”

　“그럼 약속대로 정령석 열 개를 내놔라.”

　실피는 울상을 지었다. 그녀는 이내 시무룩한 표정으로
정령석 열 개를 꺼내 무혼에게 내밀었다.

　“쳇! 좋으시겠어요.”

"후후, 내기로 정령석을 열 개나 땄는데 싫을 리 있겠느냐? 그런데 왠지 아깝다는 표정이구나."

"아깝긴요. 어차피 마스터로 인해 받은 정령석인데 다 드린다 해도 아까울 건 없거든요. 다만 왠지 약이 오를 뿐이죠."

"내기에서 지면 원래 약이 오르는 법이다."

"확실히 그런가 봐요."

뭔가 심통이 잔뜩 났는지 실피의 양 볼이 퉁퉁 부어올랐다. 그러나 무혼은 짐짓 못 본 체하며 정령석을 아공간으로 이동시켜 버렸다.

'앗!'

그러자 실피의 표정이 절망으로 물들었다. 그녀는 설마 무혼이 정말로 그녀의 정령석을 챙길 줄은 몰랐던 것이다.

'잠시 놀린 후에 돌려주실 줄 알았는데 정말 안 돌려주실 생각인 거야.'

그녀는 엘리나이젤에게 받은 정령석을 모두 먹어야 상급 정령이 될 수 있었다. 그런데 그중 열 개를 무혼에게 강탈(?)당했으니 문제였다.

앞으로 대체 어디 가서 정령석을 열 개나 구할 수 있다는 말인가? 그녀로서는 상급 정령이 될 희망이 사라진 것이나 마찬가지였다. 짙은 절망감에 눈물이 아른거렸다.

실피는 이내 손등으로 눈물을 훔쳤다.

"정말 너무하시는군요. 제가 상급 정령이 되면 저만 좋은 줄 아세요? 그땐 마스터께 더 이상 민폐를 끼치지 않아도 되고 저도 한몫 단단히 할 수 있는데 말이죠."

"그렇긴 하다만 그렇다고 이미 끝난 내기를 무를 수는 없는 일이지. 어때? 개평이라도 하나 줄까?"

"주…… 주세요."

실피는 즉시 고개를 끄덕였다.

개평이라니 왠지 자존심이 상하긴 했지만 지금은 그것을 마다할 때가 아니었다.

그러자 무혼은 아공간에서 정령석 한 개를 꺼냈다. 그러나 그것을 곧바로 실피에게 건네지 않고 주위를 두리번거리며 살폈다.

"그러고 보니 날이 그사이 어두워졌구나."

석양이 비치는 저녁 하늘에는 여전히 많은 새들이 어지럽게 날고 있었다.

무혼은 새들을 힐끗 노려보며 인상을 찌푸렸지만 그의 시선은 이내 절벽 아래로 향했다.

"저 아래 마침 좋은 재료들이 있군."

무혼은 절벽 아래로 내려가 꽃잎들을 수십여 장 채집한 후 그것들을 잘게 빻아 정령석에 붙이기 시작했다.

"지금 뭐 하세요, 마스터?"

실피가 따라와 고개를 갸웃하며 물었다. 그녀로서는 갑

자기 정령석에 꽃잎들을 빨아 붙이는 무혼의 행동이 이상해 보였으리라.

"후후, 조용해 봐. 잠시 후면 저절로 알게 된다."

그 말과 함께 무혼은 실피가 알 수 없는 주문을 외웠다. 그러자 무혼이 착용하고 있는 백금 반지에서 푸른 물과 같은 빛이 흘러나와 정령석을 감쌌다. 이내 꽃잎 가루에 둘러싸인 정령석에는 알록달록한 빛이 아른거리기 시작했다.

츠츠츠.

그렇게 한동안 시간이 지나자 꽃잎 가루들이 흔적도 없이 사라졌다. 또한 놀랍게도 정령석이 한 장의 예쁜 꽃잎과 같은 모습으로 변해 있었다. 동시에 그 꽃잎으로부터 말할 수 없이 신비로운 향기가 풍겨 나오는 것이었다.

"세상에! 그게 대체 뭐죠?"

실피의 두 눈이 휘둥그레 변했다. 무혼은 대답 대신 고개를 들어 저녁 하늘을 살폈다. 수백여 마리의 새들이 어지럽게 날고 있는 사이로 은빛의 달이 환하게 떠올라 있었다.

"잘됐군. 이대로도 괜찮지만 달빛을 쐬어 주면 맛이 더욱 기막히게 변할 거라고 했지."

무혼은 다시 주문을 외웠다.

츠츠츠.

무혼이 착용하고 있는 백금 반지에서 푸른빛이 흘러나왔고, 그 빛은 하늘에서 내려오는 투명한 달빛과 어우러지더니 마치 눈처럼 하얀 색으로 변했다.

'아!'

너무도 아름다운 광경에 실피는 숨을 죽였다. 그사이 백설과 같이 변한 신비한 빛은 꽃잎 형상의 정령석 위로 눈처럼 내려앉았다. 그 모습은 흡사 눈꽃이 피어난 것 같았다.

"처음 시도해 보는 것이지만 생각보다 멋지게 완성됐구나."

무혼은 뿌듯한 표정을 지으며 그것을 실피에게 내밀었다.

실피의 표정은 경악으로 물들어 있었다.

"정말로 이걸 제가 받아도 될까요?"

"받기 싫은 거냐?"

"그럴 리가 있나요? 당연히 받아야죠."

실피는 무혼의 마음이 변할세라 황급히 두 손으로 정령석 꽃잎을 받아 들었다.

"맛이 어떤지 어서 먹어 봐."

"싫어요. 이걸 아까워서 어떻게 먹어요? 그냥 영원히 간직할 거예요."

"시간이 지나면 상해서 못 먹게 돼. 나중에 후회하지 말고 빨리 먹는 게 좋을 거야."

사실 정령석이 상할 리는 없었다. 그러나 시간이 지나면 요리의 제맛이 사라질 것은 분명했다.

무혼의 재촉에 실피는 어쩔 수 없다는 듯 고개를 끄덕이고는 정령석 꽃잎을 살짝 입에 물었다.

사악.

순간 정령석이 마치 부드러운 눈처럼 입으로 녹아드는 것이었다. 동시에 짜릿하면서도 달콤한 향기가 입 안 가득 스며들었다.

'이럴 수가! 믿을 수 없어. 어떻게 이런 맛이…….'

사실 정령석은 무척 맛있다. 무척 달콤하면서도 향긋하기에 정령석이 많이 있다면 하루 종일 먹어도 질리지 않을 것이다.

그래서 상급 정령이나 최상급 정령들도 그 맛에 집착해 정령석을 포기하지 못했다.

실피 역시 정령석의 그 기막힌 맛을 잘 알고 있었다. 특히나 얼마 전부터 하루 두 알씩 아침저녁으로 먹고 있었으니까.

그러나 무혼에게 건네받은 이 정령석 꽃잎은 단연코 보통의 정령석과는 비교할 수 없는 환상 그 자체의 맛이었다. 지금껏 실피가 먹었던 정령석에서는 상상도 해 본 적 없는 신비로운 맛.

'이, 이건 정말······.'

벅찬 감동에 실피는 사르르 눈을 감았다.

"맛이 괜찮으냐?"

정령석 꽃잎을 순식간에 먹어치우고는 눈을 감고 있는 실피를 쳐다보며 무혼이 물었다.

실피는 상기된 표정으로 눈을 뜨더니 고개를 끄덕였다.

"정말 죽여주는 맛이에요. 그리고 이상하게 힘이 세진 느낌이에요."

"그럴 거야. 그걸 먹으면 잠시 동안 힘이 세진다고 했으니까."

"대체 정령석을 어떻게 하신 거죠?"

"라따들의 요리 비법을 보고 따라 해 본 거야. 정령석이 아홉 개 남았으니까 앞으로 아홉 번은 더 만들어 줄 수 있겠군."

그러자 실피의 두 눈이 커졌다.

"그거 진심이세요?"

"설마 너는 그 정령석들을 내가 정말로 챙길 거라고 생각했느냐?"

"물론 아닐 거라 믿긴 했지만요."

"내가 벼룩의 간을 빼먹으면 빼먹었지 네 녀석의 정령석을 빼앗지는 않아."

"마스터의 은혜 잊지 않겠어요."

실피는 다시 감동한 듯 눈물을 글썽였다. 그녀는 잠시나마 마스터를 원망했던 자신이 부끄러워 견딜 수 없었다.

"그보다 궁금한 게 있어. 만일 내기에서 이겼다면 넌 무슨 소원을 말하려 했지?"

"소원은 없어요. 그냥 해 본 말이었어요."

"날 속일 생각이냐? 넌 분명 내게 무슨 부탁할 것이 있어."

그러자 실피는 잠시 주저하다 입을 열었다.

"솔직히 말씀드리면 하루쯤 휴가를 받고 싶었죠."

"휴가?"

"정령의 숲이 어떻게 생겼는지 무척 궁금해서 말이에요."

무혼은 실피의 심정을 짐작할 수 있었다. 그동안 천 년이 넘도록 멀리서 동경만 했을 뿐 감히 정령의 숲에 들어가 보지 못했던 실피였다. 하급 정령이라는 이유에서 말이다.

그런데 이제 중급 정령이 된 이상 실피가 원하면 정령의 숲에는 어렵지 않게 들어갈 수 있을 것이다. 그녀로서는 잠깐이라도 들어가 정령의 숲이 과연 어떤 곳인지 구경이라도 해 보고 싶을 것은 당연하리라.

"정말 바보 같구나. 내게 그 얘기를 하는 것이 그리 어려운 일이었느냐?"

"저로 인해 마스터께서 하는 일이 지체될까봐 걱정돼서
요."

"너의 길 안내 덕분에 애초 예상보다 빠르게 가고 있는
데 하루쯤 늦어진다고 그게 무슨 대수일까?"

그러자 실피의 안색이 환해졌다.

"그럼 지금 들어가서 어떤 곳인지 구경만 하고 금방 나
올게요. 한두 시간 정도면 충분해요."

"그럴 것 없어. 나도 함께 들어간다. 내친김에 나도 정
령의 숲 안이 어떤 곳인지 보고 싶어졌거든."

실피는 어이없다는 표정을 지었다.

"아까도 말씀드렸지만 정령의 숲은 오직 정령만 들어갈
수 있어요."

"다 들어가는 법이 있으니 걱정 마."

그 말에 실피는 두 눈을 휘둥그레 떴다.

"혹시 결계의 틈을 발견하신 거예요?"

"결계의 틈은 없어. 잘못된 소문이 전설로 내려온 것일
뿐이지."

무혼은 실피에게 네르옹과 관련된 사실을 간략하게 얘
기해 주었다. 그 말을 들은 실피는 망치로 머리를 한 대 맞
은 듯 망연자실한 표정을 잠시 지었다.

"그러니까 당시 라따족 대요리사 네르옹이 정령체로 변
신해 정령의 숲으로 들어갔는데, 그것을 보고 정령들이 결

계에 틈이 있을 거라 착각한 것이었다고요?"

"그렇지. 나는 그것이 전설이 되어 이어져 내려왔다고 생각한다."

그러나 실피는 고개를 흔들었다.

"그럴 리가 없어요. 결계에 틈은 분명 있을 거예요. 전 믿어요. 다만 그걸 찾지 못했을 뿐이죠."

무혼은 씩 웃었다.

"뭐, 그럴 수도 있겠지. 네가 뭔가를 믿든 그건 네 자유니 더 이상 상관하지 않으마. 그보다……."

말을 하던 무혼의 표정이 갑자기 딱딱하게 변했다. 무섭도록 차갑게 가라앉은 그의 눈빛은 다시 상공을 노려보고 있었다.

'특이하게 저 새들이 계속 신경 쓰이는군.'

밤하늘의 상공을 날고 있는 수백여 마리의 새들은 아까 무혼이 동굴에 들어가기 전부터 여전히 그 자리에 머무르고 있었다.

물론 단순히 그것뿐이라면 무혼이 크게 신경을 쓰지 않았을지도 모른다. 문제는 그런 식으로 신경이 쓰이는 것들이 점점 늘어난다는 데 있었다.

우거진 숲의 나뭇가지들에서 힐끔거리는 다람쥐들, 풀잎에 매달려 있는 벌레들, 심지어는 새들 위에서 부유하고 있는 구름들도 뭔가 자연스럽지 않았다. 그러다 보니 점차 알 수 없는 이질감이 느껴지는 것이었다.

'아무래도 누군가 나를 관찰하고 있는 것 같구나. 마족들은 아닌 듯한데?'

일단 마족들과는 관련이 없어 보였다. 진원마기를 보유하고 있는 마족들이라면 무혼의 이목으로부터 벗어나기란 거의 불가능했을 테니까.

마족이 아니면 대체 어떤 존재일까? 분명 뭔가 꺼림칙한 기분이 들면서도 그 실체를 잡을 수 없었다.

'어쩌면 지금껏 본 적 없는 대단한 강적이 나타난 것인지도 모르겠군.'

무혼은 실피를 향해 나직이 말했다.

"나는 준비하는 데 꽤 시간이 걸릴 것 같구나. 너 먼저 정령의 숲으로 들어가 있는 게 좋겠다."

"네? 준비 시간이 아무리 오래 걸려도 상관없어요. 저는 얼마든지 기다릴 수 있다고요."

"실피, 내 말대로 해라. 길게 설명할 시간이 없으니까."

무혼의 음성이 착 가라앉아 있었다.

실피는 뭔가 심상치 않은 일이 벌어졌음을 깨닫고는 재빨리 고개를 끄덕였다.

"마스터의 뜻에 따르겠어요."

실피는 정령의 숲 결계의 통로가 있는 곳으로 즉시 이동했다. 그녀는 어쩌면 마족들이 대거 나타났을지도 모른다는 생각이 들었다.

'틀림없어. 마족들이 마스터를 노리고 나타난 게 분명해.'

실피는 그런 위험한 상황이라면 무혼의 곁에 자신이 있는 것이 오히려 짐이 될 수 있음을 알 정도의 눈치는 있었다. 지금은 그녀가 정령의 숲에 안전히 피해 있는 것이 무혼이 적들과 싸우는 데 도움이 되는 일이었다.

"마스터……."

머뭇거리는 실피를 무혼이 정령의 숲 결계의 통로 안쪽으로 슥 밀어 넣으며 말했다.

"내 걱정은 말고 어서 들어가. 난 잠시 후에 들어가마."

"호호! 걱정은요. 제가 뭐 하러 걱정을 하겠어요? 마스터께 쥐어터질 녀석들이 불쌍할 뿐이죠."

"그렇다 해도 뭔가 걱정하는 척이라도 하는 게 어떠냐?"

"그럼 걱정은 전혀 안 되지만 부디 조심하세요."

"쯧! 엎드려 절 받기로군. 알았으니 어서 들어가라."

"헤헤! 저는 정령의 숲을 신 나게 구경하고 있을게요."

잠시 후 실피의 모습은 회색 안개 속으로 사라졌다.

'흠, 과연 어떤 놈들이 나를 노리고 있는지 궁금하구나.'

곧바로 무혼의 눈빛이 차갑게 번뜩였다. 그의 신형이 돌연 땅으로 꺼진 듯 흔적도 없이 사라져 버렸다.

잠시의 시간이 흘렀을까?

스읏.

무혼이 사라진 장소에 한 명의 인물이 나타났다. 남색의
긴 머리를 허리까지 흩날리는 호리호리한 체구의 여인이
었다. 그녀는 주위를 두리번거리며 말했다.

"놈이 갑자기 어디로 갔지? 설마 정령의 숲으로 들어간
건가?"

그러자 상공에 있던 새들이 흩어지더니 그 사이로 거대
한 새 형상의 구름이 날아 내렸다. 구름으로 이루어진 그
새는 여인을 향해 무뚝뚝한 음성을 내뱉었다.

"샤로나, 정령의 숲에 정령이 아닌 존재는 들어갈 수 없
음을 잊었느냐? 우리 드래곤도 들어갈 수 없는 곳을 하찮
은 인간 따위가 들어간다는 것은 있을 수 없는 일이야."

놀랍게도 샤로나의 정체는 드래곤이었다. 거조 형상의
구름 역시 드래곤으로 그의 이름은 루디스였다.

"그렇다면 놈이 어디로 사라졌다 생각해, 루디스?"

"나 역시 그게 궁금하다. 하지만 정령의 숲으로 들어간
게 아니라면 놈은 틀림없이 이 근처에 있을 거야. 그 짧은
사이 공간 이동 마법진을 펼쳐 달아났을 리는 없다."

"그렇겠지."

사로나는 고개를 끄덕였다.

로드 푸르카의 명령으로 인해 드래곤 산맥에 있던 드래곤들의 일부가 정령의 숲 인근으로 모여든 상황이었다. 무려 이십 명이 넘는 드래곤들이 촘촘하게 펼쳐 둔 안티 텔레포트 마법을 뚫고 달아날 존재란 결단코 없었다.

물론 그가 드래곤 로드 정도의 능력을 지니고 있다면 가능하기도 하겠지만, 고작 드래곤 흉내나 내는 하찮은 인간 따위에게 그런 능력이 있으리란 것은 그녀로서 상상도 할 수 없었다.

우르르르!

그런데 돌연 상공에서 뇌성이 울려 퍼지더니 머리는 사자의 형상에 몸체는 인간의 형상을 하고 있는 거대한 존재가 나타났다. 달빛을 맞으며 상공에 떠 있는 그의 두 눈에서는 흡사 번개가 치듯 강렬한 안광이 연신 번뜩였다.

샤로나와 루디스가 흠칫 놀라며 몸을 떨었다.

"켈사이크 님!"

"샤로나! 그놈은 어디에 있느냐?"

사룡(獅龍) 켈사이크. 그는 드래곤 로드 푸르카를 제외하면 모든 드래곤 중 가장 뛰어난 능력의 소유자였다. 성격이 매우 난폭하며 잔인해 같은 드래곤들도 마주치기를 꺼려했지만, 푸르카에 대한 충성심이 매우 대단하다고 알려져 있었다.

샤로나는 긴장한 표정으로 대답했다.

"이상한 일이지만 놈이 이 앞에서 갑자기 사라졌어요. 놈은 인간이기에 정령의 숲으로 들어갈 수는 없으니, 인근의 숲 어딘가에 숨어 있는 듯해요."

그러자 켈사이크는 인상을 찌푸렸다.

"드래곤들 중에서 최고의 추적 능력을 지닌 네가 놈의 종적을 놓쳤다는 말이냐?"

"면목 없습니다."

"고작 인간 놈이 네 이목을 속일 만큼 대단한 능력을 지니고 있다니 믿기지 않는구나."

켈사이크는 로드 푸르카의 지시에 따른 임무를 수행 중이었다. 그의 임무는 드래곤을 사칭한 한 인간 청년을 붙잡아 마족들에게 넘기는 것이었다.

그동안 켈사이크가 이끄는 드래곤들은 각자가 가진 비기를 통해 동대륙을 샅샅이 뒤졌다. 그러다 마족 라사라가 목표가 이동하는 방향을 알려 주었고, 그로 인해 그들은 수월하게 목표를 찾아낼 수 있었다.

이는 하늘의 새들과 땅의 곤충들, 온갖 짐승들이 드래곤 샤로나의 눈과 귀가 되어 무혼의 위치를 알려 주었기 때문이었다.

그런데 문제는 포위망에 걸려든 목표가 감쪽같이 사라져 버렸단 것이었다. 켈사이크는 정령의 숲 주변을 노려보며 말했다.

"놈이 숨었지만 그래 봤자 잔재주일 뿐이다. 일단 이 주변을 초토화시켜라. 죽고 싶지 않으면 튀어나오겠지."

"지시대로 행하지요, 켈사이크 님."

샤로나의 양손에서 검붉은 화염이 번쩍였다. 그 화염이 소용돌이치며 전방의 숲을 휩쓸었다.

휘이이이이!

순간 십여 그루의 나무들이 불에 타올랐고, 나무 사이에 있던 짐승들이 잿더미로 변해 버렸다. 누가 봐도 경악할 만한 광경이었지만 켈사이크의 인상은 어이가 없다는 듯 잔뜩 찌푸려지고 말았다.

"그런 식으로 하면 퍽이나 그 인간 놈이 튀어나오겠구나."

켈사이크는 신경질적으로 외친 후 슬쩍 손을 흔들었다. 순간 그의 손에서 붉은색의 빛이 일렁이더니 이내 커다란 불덩이로 변했다.

화아아! 화르르르르!

그 불덩이는 조금 전 샤로나가 불태운 반경보다 거의 수십 배는 되는 광대한 영역을 불바다로 만들어 버렸다.

"어떠냐? 적어도 이 정도는 돼야 놈이 두려워 튀어나오지 않겠느냐?"

켈사이크는 흡족한 표정을 지으며 물었다. 샤로나의 안색이 굳어졌다.

사실 그녀로서는 고작 인간 하나를 해치우기 위해 아름다운 자연을 파괴하는 게 결코 내키지 않았다.

그러나 켈사이크의 지시를 어길 수 없어 형식적으로 마법을 펼쳤을 뿐인데, 켈사이크가 그것을 나무라는 것도 모자라 멀쩡한 숲 하나를 초토화시켜 버릴 줄이야.

'멀쩡한 숲을 완전히 태우다니, 미쳤어! 저건 정말 해도 너무하잖아.'

그러나 샤로나는 켈사이크를 두려워하고 있었기에 잠자코 있었다. 그것은 루디스 역시 마찬가지였고, 켈사이크와 함께 나타난 다른 드래곤들도 그와 별다르지 않았다.

모두들 인상을 잔뜩 찌푸린 채 불타는 숲을 내려다보고 있을 뿐 켈사이크를 저지하는 드래곤은 없었다.

그때였다.

"누굴 찾는지 모르지만 정말 무식한 방법이 따로 없군. 누군가 만일 저 숲에 숨어 있었다면 꼼짝없이 타 죽고 말았겠어."

순간 켈사이크를 비롯한 드래곤들이 깜짝 놀라 한쪽으로 고개를 돌렸다. 불타오르는 숲으로부터 멀지 않은 곳에 위치한 돌산의 정상 위에 오크 하나가 팔짱을 낀 채 드래곤들을 노려보고 있었다.

곧바로 켈사이크가 인상을 찡그리며 말했다.

"오호라! 그곳에 숨어 있었더냐? 그런 줄 알았다면 그

돌산을 먼저 날려 버리는 건데 아깝구나."

그 말에 오크가 어깨를 으쓱했다.

"아까울 것 없지. 이제라도 날려 버리면 되는 것 아닌가?"

"흐흐! 그렇지 않아도 그럴까 생각 중이다."

"그전에 궁금한 게 있어. 조금 전의 대화에서 드래곤이 어쩌고 했던 것 같은데, 당신들이 정말 그 드래곤이 맞는 건가? 동쪽 드래곤 산맥의 드래곤 말이야."

"이미 알고 있으면서 뭘 묻는 건지 모르겠군. 일단 그 지저분한 오크 가면 따위는 벗는 게 어떠냐? 그런 잔재주로 설마 우리 눈을 속일 수 있다 착각하는 게 아니라면."

그러자 오크는 담담히 웃으며 목걸이를 벗었다. 그로 인해 오크의 모습이 사라지고 인간 미청년의 외모가 드러났다.

물론 그 청년은 무혼이었다.

"이제 됐나? 귀찮은 일을 피하기 위해 잠시 오크로 변신했던 것뿐이었지. 그보다 드래곤들과 이런 식으로 마주치다니 유감이로군."

"지금 유감이라 했느냐?"

켈사이크의 두 눈이 사납게 번뜩였다. 그로서는 지금 눈앞에 보이는 인간이 그야말로 간이 붓다 못해 미친 것은 아닌지 의심이 들지 않을 수 없었다.

'내가 드래곤인 것을 알면서도 전혀 놀라는 기색이 없다? 혹시 미친놈 아니야?'

그러한 생각을 하는 것은 켈사이크뿐이 아니었다.

샤로나와 루디스를 비롯한 다른 드래곤들도 무혼의 태연한 반응이 어이없다 못해 황당하게 느껴졌다.

'저놈, 정신이 어떻게 된 것이 분명해.'

'돌아도 보통 돈 게 아니라고.'

'혹시 우릴 보고 정신이 나간 거 아닐까?'

하긴 그 어떤 인간이라 해도 지금과 같은 상황에서는 제정신을 차리기 힘들 것이다.

평생 동안 단 한 번도 보기 힘든 전설의 드래곤들이 말그대로 떼거리로 나타난 상황이 아닌가?

특히나 사룡 켈사이크의 살기등등한 눈빛을 마주하면 어지간한 드래곤들도 혼이 나갈 만큼 당황하고 만다. 하찮은 인간의 허약한 담장으로는 기절하지 않은 것만 해도 용한 일이었다.

따라서 그들로서는 무혼이 이미 혼이 나간 상태로 횡설수설 지껄이고 있는 것이라 생각할 수밖에 없었다. 그게 아니라면 어차피 죽을 테니 짐짓 객기를 부리거나 발악이라도 한번 해 보자는 것일지도.

그러나 그 모습을 측은하게 여기는 드래곤은 없었다. 드래곤 산맥에서 편안한 휴식을 즐기고 있던 자신들을 번거롭게 만든 일로 인해 모두들 무혼에게 단단히 성이 나 있는 상황이기 때문이었다.

그중 켈사이크의 분노가 가장 컸다.

그리고 그의 분노는 다른 드래곤들과는 다른 점에서 기인했다. 그는 사실 무혼의 태연하면서도 당당한 태도로 인해 심히 분노해 있었다.

자신이 누구인가? 지상 최강의 종족인 드래곤, 그것도 드래곤 로드를 제외하면 가장 높은 곳에 위치한, 그야말로 지고하기 짝이 없는 절대적인 존재가 아닌가?

켈사이크가 생각하기에 인간이건 몬스터건 정령이건 자신을 보면 두려워 떠는 게 너무나 당연한 일이었다.

그리고 지금껏 실제로 그래 왔다.

설사 최상급 정령이라 해도 그 앞에서는 고개를 절대 뻣뻣하게 하지 못했으니까.

그런데 저 앞의 인간 청년 따위가 감히 무엇이기에 저토록 오만무도한 태도로 자신을 대한다는 말인가? 심지어 무혼의 입가에는 보일 듯 말 듯 미세한 조소까지 맺혀 있기도 했으니 켈사이크로서는 혈압이 오르지 않을 수 없었다.

"인간! 네놈은 내가 두렵지 않으냐?"

켈사이크의 두 눈에서 시퍼런 섬광이 번쩍였다. 거대한 그의 체구에서 풍겨 나오는 기세는 사납다 못해 섬뜩한 공포를 자아내기에 충분했다.

그러나 무혼은 시큰둥한 표정을 지으며 대답했다.

"보통 두려움이란 자신보다 강한 존재 앞에서나 생기는 법이지."

그러자 켈사이크의 굵은 눈썹이 꿈틀거렸다.

분노로 인해 폭발하기 직전까지 일그러진 그의 얼굴은 어지간한 마왕이라 해도 한 수 접어 줄 만큼 흉악한 인상으로 변했다.

"인간! 내가 잘못들은 것이 아니라면, 너는 설마 내가 네놈보다 약할 거란 생각을 하고 있느냐?"

"글쎄! 아직 드래곤과 싸워 본 적이 없어 섣불리 뭐라 말하기 힘들군."

"허!"

켈사이크는 문득 너털웃음을 내뱉었다. 그는 더 이상 화가 나기보다는 너무나 어이가 없다 보니 외려 웃음이 나왔다.

Chapter 6
맹종이 아닌 용기를!

"혹시 모르는 것 같아 알려 주지. 나는 드래곤이다. 그것도 사룡 켈사이크! 지상에서 가장 위대한 종족인 드래곤들 중에서 로드 푸르카 님을 제외하고 가장 강한 능력을 가지고 있지. 다시 말해 나는 너와 같은 인간 따위가 감히 대적할 수 있는 존재가 아니라는 것이다."

어쩌면 무혼이 너무 무식해서, 말 그대로 드래곤이 얼마나 대단한 존재인지 모를 만큼 무식한 인간일지도 모른다는 생각에 켈사이크는 매우 친절하게도 자신이 누구인지를 상당히 구체적으로 설명해 주었다.

이렇게 하면 무혼이 조금이나마 정신을 차리고 자신을

두려워할 것이란 생각에서였다.

그러나 무혼의 반응은 그의 예측과 달랐다.

"실망이군. 전설의 드래곤들이 어쩌고 하기에 정말 대단한 녀석들인 줄 알았는데 말이야. 이건 뭐 마족들과 별로 다를 바 없는 무뢰한 패거리라니."

"으드득! 이 하찮은 인간 놈이 정말 보자 보자 하니까 그 방자함이 끝이 없구나. 내가 지금 얼마나 화를 참고 있는지 네놈은 상상이라도 하고 있느냐?"

그러자 무혼은 싸늘히 웃었다.

"그렇게 인상이란 인상은 모조리 구기고 있는데 왜 그걸 모르겠나? 하지만 지금은 그쪽 못지않게 나도 화를 상당히 참고 있단 걸 알았으면 좋겠군."

그 말에 켈사이크뿐 아니라 다른 드래곤들도 황당함을 금치 못했다.

죽도록 빌어도 시원찮을 인간 녀석이 감히 자신도 참고 있으니까 더 이상 성질을 건드리지 말라는 식으로 얘기하고 있지 않은가?

대체 저 인간 녀석은 뭘 믿고 저리 기고만장한 것일까? 드래곤들 중 누구라도 살짝 손 하나만 까닥하면 이곳 이로이다 대륙에서 흔적도 없이 소멸될 하찮은 인간 따위가 어찌 저리 당당한 태도를 보일 수 있는 것일까?

한 가지 기이한 것은 사룡 켈사이크의 반응이었다. 평소의 그라면 무혼이 서 있는 돌산을 이미 날려 버렸을 것이다. 그것도 한 번이 아니라 수십 번은 더 날려 버리고도 남았다.

그런데 왜 그는 무혼을 노려보고만 있는 것일까? 다른 드래곤들은 의아해하지 않을 수 없었다.

사실 그러한 의문은 켈사이크 역시 마찬가지로 느끼고 있었다.

그는 자신이 왜 저 돌산 위의 방자하고 건방진 인간 녀석을 내버려 두고 있는지 무척 이상했다.

성질대로라면 당연히 이미 수십 번도 더 찢어 죽였어야 정상이 아닌가?

그야말로 온갖 고통을 다 주며 세상에서 가장 끔찍한 방법으로 죽였어야 마땅하지 않은가?

이대로 있다간 다른 드래곤들도 자신을 우습게 볼 것이다.

그러나 그는 섣불리 무혼을 공격할 수가 없었다. 대체 무엇 때문일까?

그 이유에 대해 잠시 골똘히 생각을 하던 그는 비로소 무엇 때문에 자신이 공격을 주저하고 있는지 알아차릴 수 있었다.

믿을 수 없게도 저 자그마한 인간으로부터 그가 진심으로 두려워하고 복종하고 있는 로드 푸르카 못지않은 가공할 기세가 은연중 느껴지고 있었던 것이다.

그것이 그를 주저하게 만들었다. 당장이라도 놈을 찢어 죽이고 싶은 마음이었지만 알 수 없는 불안감이 그것을 막고 있었다.

'그럴 리가 없다. 어찌 저 하찮은 인간 따위가!'

켈사이크는 이내 고개를 흔들었다. 그는 간이 붓다 못해 부풀어 터져 버린 미친 인간 녀석의 허풍에 잠시 자신이 착각을 한 것이라 생각했다. 그것이 그를 더욱 분노케 했다.

"큭큭! 건방진 인간 놈! 본래라면 네놈을 붙잡아 그들에게 넘겨주어야 하지만, 네놈은 나를 진정 분노케 했다. 나는 네놈을 이 자리에서 씹어 먹어 나의 분을 풀려한다."

순간 무혼의 두 눈에 이채가 일었다.

"나를 그들에게 넘겨주려 했다? 그들이 누구지?"

"알 것 없다. 곧 죽을 녀석이 말이 많구나."

"네 말대로 내가 죽어야 한다면 그냥 죽기는 억울해서 그래. 죽을 때 죽더라도 이유는 알고 죽었으면 좋겠군. 그 정도는 얘기해 줄 수 있지 않은가?"

그러자 켈사이크의 입가에 득의만만한 미소가 맺혔다.

그는 드디어 저 건방진 인간 녀석이 조금이나마 자신의 분수를 깨달은 것이라 생각해 기분이 유쾌해졌다.

"이제야 네가 곧 죽을 것이라는 것을 깨달았나 보구나.

그렇다면 특별히 알려 주지. 너는 감히 하찮은 인간 주제에 드래곤을 사칭했다. 드래곤의 이름을 능멸한 죄는 죽음으로 다스려야 마땅하다."

드래곤 사칭?

무혼은 미간을 찡그렸다. 정말로 고작 그 이유 때문에 드래곤들이 떼로 몰려왔다는 말인가?

"솔직히 남들이 몇 번 오인한 적은 있지. 또한 귀찮음을 피하기 위해 나 역시 잠깐 드래곤인 척한 적도 있고 말이야. 하지만 그렇다고 해서 그게 내가 죽어야 할 만큼 대단한 잘못이라고는 생각하지 않는다. 혹시 그로 인해 너희 드래곤들이 뭔가 손해라도 본 것이 있는가?"

"물론이다. 그게 아니라면 우리가 미쳤다고 너 따위 하찮은 인간 놈을 잡기 위해 이리 몰려왔겠느냐?"

"이해할 수 없는 말을 하는군. 지금껏 나를 드래곤으로 오인한 이들 중에 그 일을 빌미 삼아 너희들에게 손해를 끼칠 만한 강인한 존재는 없었다. 왜 공연히 생트집을 잡는 건가?"

"생트집이라고? 네놈은 마족과 우리를 이간질시키려 했다. 마치 우리가 마족들을 죽인 것처럼 꾸며서 말이야. 그렇게 해서 결국 마족들과 우리 드래곤들 간에 전쟁이 벌어지게 만들 심산이 아니었더냐?"

'마족?'

그 순간 무혼의 안색이 딱딱하게 굳어졌다.

"내가 잘못 들은 게 아니라면 지금 마족이라고 한 것 같은데, 그렇지 않나?"

"그게 어쨌다는 거냐?"

"그렇다면 조금 전 네가 말한 그들이 바로 마족을 의미하는 것이었군. 너희들은 나를 붙잡아 마족들에게 넘겨주러 온 것이었어."

"부인하지는 않으마."

켈사이크는 별것 아니라는 식으로 대답했지만 무혼은 차갑게 그를 쏘아봤다.

"이로이다 대륙에 마족들이 나타난 지 꽤 오래됐는데 왜 그동안 드래곤들이 움직이지 않는지 모두들 궁금해 하고 있다. 그런데 역시나 너희들은 마족들이 나타난 것을 잘 알면서도 방관하고 있었다는 말이군. 심지어 나로 인해 그들과 사이가 나빠질 것을 우려하는 것을 보니 어쩌면 너희들은 이미 놈들과 한통속일 수도 있겠어. 그렇지 않은가?"

"이놈이 감히 무슨 헛소리를 하는 것이냐? 닥치지 못하겠느냐?"

대뜸 호통을 치는 켈사이크의 눈빛이 살짝 흔들렸다.

드래곤들이 마족들과 한통속이냐는 무혼의 말은 명백히 그의 자존심을 건드리는 것이었다. 그로서도 로드 푸르카가 마족들과 불가침의 맹약을 맺은 것만은 도무지 이해할 수 없는 일이었으니까.

"말해라. 만일 너희 드래곤들이 마족들과 한통속이라면 곧 나의 적이다. 정말로 그렇다면 이 땅의 드래곤들 중 단 한 놈도 살려 두지 않을 것이다."

무혼의 음성은 흡사 뇌성처럼 사방으로 울려 퍼졌다.

순간 드래곤들은 어이없다 못해 멍한 표정을 지었다. 그들로서는 이 땅의 드래곤을 하나도 남김없이 죽이겠다는 무혼의 선전포고가 매우 가소롭기 그지없었다.

켈사이크가 크게 웃었다.

"크하하하하! 이거 완전히 미친놈이군. 내 살다 살다 너처럼 미친놈은 처음 보는구나."

"후후, 미친놈이라! 그렇다면 세상에서 미친놈이 가장 무섭다는 것도 알고 있느냐?"

"그런 헛소리는 한 번도 들어 보지 못했다."

"아직 제대로 미친놈을 만나 본 적 없나 보군."

"썩을! 잘도 나불거리는구나. 네놈을 죽이고 나서 그 주둥이가 대체 어떻게 생겨 먹었는지 찬찬히 살펴봐야겠어. 마지막으로 죽기 전에 들어라. 우리 드래곤들은 결코 마족 놈들 따위와 한통속이 아니다. 적어도 그따위 말도 안 되는 망상은 버리고 죽도록 해라."

그 말에 무혼은 인상을 찌푸렸다.

"물의 정령 아르나의 말에 의하면 드래곤들은 거짓말을 하지 않는다고 하더군. 따라서 마족들과 한통속이 아니라는 그 말이 부디 거짓이 아니길 바라겠다."

"아르나의 말대로다. 우리 드래곤은 거짓말 따위는 하지 않지. 거짓말이란 약자들이나 하는 아주 비굴한 짓. 이로이다 대륙 최강의 종족인 우리 드래곤들이 무엇이 아쉬워 거짓말 따위를 할 필요가 있겠느냐?"

"그런데 왜 나를 붙잡아 마족들에게 넘기려고 하는 건가? 드래곤 사칭 죄가 어쩌고 하는 황당한 평계 대지 말고 좀 더 납득할 수 있는 이유를 대 봐라."

"감히 드래곤을 사칭했다는 것 하나만으로 네놈이 죽을 이유는 충분해. 그리고 우리와 마족들 간의 일은 너 따위 인간이 상관할 바 아니야. 확실한 건 언제고 그놈들은 우리에게 모조리 죽게 될 거라는 것이다."

켈사이크의 말을 들은 무혼은 그가 마족들을 매우 좋지 않게 생각하고 있다는 것을 짐작할 수 있었다. 또한 그의 말대로 언젠가 드래곤들이 마족들을 모조리 죽여 없앨 가능성도 있음을 느꼈다.

'마족과 한통속이 아니라면 이들과 굳이 적이 될 필요는 없다.'

무혼은 켈사이크의 무뢰배와 같은 행동에 심히 분노한 상태지만 이내 담담히 웃으며 말했다.

"너희들 또한 마족들을 언젠가 죽여 없앨 생각이라면 굳이 우리가 적이 될 필요는 없다 생각한다. 나야말로 이로이다 대륙을 침입한 마족들을 모조리 죽여 없애는 중이니까."

무혼이 마족들을 모조리 죽여 없애고 있다는 말에 켈사이크를 비롯한 모든 드래곤들의 표정에 경악이 어렸다. 그들은 설마 했지만 고작 인간에 불과한 무혼이 그런 무모한 생각을 가지고 있는 줄은 짐작도 못 했던 것이다.

"큭! 마족을 모조리 죽이겠다는 발상은 기특하다만 그 일은 너로서는 불가능한 망상에 불과하지. 우리 드래곤들이라면 모를까."

"그거야 두고 보면 알게 되겠지. 어쨌든 공동의 적을 둔 이상 굳이 우리가 싸울 필요는 없다고 보는데?"

"적의 적은 친구가 될 수 있다는 말이 있긴 하지. 설마 네놈은 그걸 빌미로 감히 우리 드래곤과 친구가 되고 싶다는 것이냐?"

"친구는 모르겠고, 구태여 적이 될 필요는 없다는 거지."

그러자 켈사이크가 조소를 날렸다.

"크큿! 운 좋게 약한 마족 몇 놈 죽였다고 해서 네놈이 무슨 대단한 존재라도 되는 줄 착각하고 있나 보구나. 네놈과 적이 된다고 해서 우리들이 눈 하나 깜빡할 것 같으냐?"

무혼은 씁쓸히 웃었다.

특히나 이대로라면 차원의 보주를 얻기가 쉽지 않아 보였다.

"기어코 날 죽일 생각인가? 그것이 정녕 너희들의 로드의 뜻인가?"

"물론이다. 특히 로드는 네놈을 갈가리 찢어 죽이고 싶어 하신다."

"그렇다면 말리지 않겠다만 나를 죽이려는 자는 죽음으로써 그 대가를 치러야 한다. 거기엔 드래곤이라 해도 예외가 될 수 없지."

그사이 무혼의 오른손에는 푸른 검신의 롱소드가 한 자루 쥐어져 있었다.

무혼은 그 검을 앞으로 내밀며 말을 이었다.

"너희들이 굳이 나와 전쟁을 치르겠다면 이 하나는 꼭 기억해라. 일단 전쟁이 시작되면 나는 너희들을 마족과 동일하게 취급할 생각이다. 그리고 그 전쟁은 이로이다 대륙에서 모든 드래곤들이 사라진 이후에나 끝이 나게 된다. 다시 말해 그 이후로 이로이다 대륙에서 더 이상 드래곤이라는 종족은 존재하지 않게 된다는 것이지."

"크하하하하! 이 광오한 인간 놈! 어디 그 입처럼 대단한 실력을 가지고 있나 보겠다."

그렇게 켈사이크를 비롯한 드래곤들과 무혼의 대격돌이
시작될 찰나였다.

　"멈추시오!"

　"멈춰요, 켈사이크 님!"

　우레와 같은 두 줄기 음성이 사방을 뒤흔들었다. 그 음
성은 두 명의 남녀로부터 비롯된 것이었다.

　고개를 돌려 그들이 아그노스와 포르티임을 확인한 켈
사이크가 인상을 찌푸렸다.

　물론 로드 푸르카의 지시에 의해 트레네 숲으로 파견된
아그노스와 포르티가 이 자리에 나타난 것은 결코 우연은
아니었다. 그들은 트레네 숲으로 간 이후 켈사이크의 군단
과 합류하게 되어 있었으니까.

　따라서 켈사이크는 그들이 나타난 것에 별다른 관심을
두지 않았다.

　심지어 그들이 조금 전에 도착해 은밀히 상황을 지켜보
고 있었던 것도 알고 있었다.

　그런데 잠자코 있던 그들이 갑자기 소리를 질러 전투를
만류하는 이유는 짐작하기 힘들었다. 그것은 심히 괘씸한
일이었기에 그들을 노려보는 켈사이크의 눈빛은 차갑기
그지없었다.

　"아그노스! 포르티! 갑자기 왜 내게 멈추라고 말을 했는
지 내가 납득할 수 있게 얘기해 보겠느냐?"

켈사이크의 사나운 눈빛을 받자 아그노스와 포르티는 일순 몸을 떨었다. 그들이 비록 드래곤 중에서 손에 꼽는 실력을 가진 드래곤들이긴 하지만 사룡 켈사이크의 능력은 그들이 미칠 수 없는 높은 영역에 도달해 있기 때문이었다.

물론 아그노스와 포르티가 힘을 합친다면 켈사이크와 비등한 실력을 발휘할 수도 있겠지만, 켈사이크의 뒤에 다른 드래곤들이 있는 상황에서 그를 당해 내기란 불가능한 일이었다.

그런 만큼 그들로서는 지금 켈사이크의 비위를 거스르는 것이 얼마나 위험한 일인지 알고 있었다.

그러나 잠자코 있기에는 지금의 상황이 너무 급박했다.

아그노스의 타오르는 듯 강렬한 시선이 문득 무혼에게 살짝 머물렀다가 이내 켈사이크를 향했다.

"켈사이크 님, 죄송하지만 저는 저 무혼이라는 인간의 말이 결코 틀리지 않다고 봐요."

그러자 켈사이크는 어이가 없는지 일순 명한 표정을 지었다. 곧바로 아그노스를 노려보는 그의 두 눈에서 섬뜩한 광망이 일었다.

"아그노스, 너 지금 제정신이냐?"

"물론 저는 지극히 제정신이에요. 또한 분명 켈사이크 님이 납득할 만한 이유도 있어요."

"그럼 말해 봐라. 들어서 내가 납득할 수 없으면 용서치 않겠다."

아그노스는 고개를 끄덕이고는 입을 열었다.

"이로이다 대륙에 마족들이 나타난 지 무려 백 년이 넘었어요. 그러나 우리 드래곤들은 그들과 불가침의 맹약을 맺은 이후 그들을 내버려 두었지요."

켈사이크가 인상을 찡그렸다.

"그래서 그게 어쨌다는 것이냐? 마족들은 우리 드래곤들이 두려워 어둠 속에만 웅크리고 있을 뿐인데 말이야."

"글쎄요. 표면적으로 보면 그렇게 보일 뿐이죠. 그러나 마족들이 어떤 사악한 존재인지 켈사이크 님도 모르지 않을 텐데요. 놈들이 정말로 어둠 속에 있는 것으로 만족할까요?"

"그럴 리는 없지. 마족들은 언제고 이로이다 대륙을 완전히 장악하려고 칼을 드러낼 것이 분명하다. 그러나 우리 드래곤들이 있는 한 그건 놈들의 망상에 지나지 않아. 언제고 놈들은 우리 손에 없어질 존재일 뿐이다."

"대체 언제요? 그사이 벌써 백 년이 지났잖아요. 지금 대륙에 무슨 일이 벌어지고 있는지 알고 있나요? 우선 엘프들에게 벌어진 비극부터 얘기해 볼까요?"

곧바로 아그노스는 엘프의 수호 정령 엘리나이젤이 지난 백 년 동안 마족들에게 고통을 당했던 사실을 말해 주었다. 그로 인해 엘프들이 오크들의 노예가 되어 비참하게 살고 있다는 것도.

그러자 켈사이크를 비롯한 드래곤들의 표정이 굳어졌다. 특히 샤로나와 루디스의 안색은 딱딱하게 굳어지고 말았다.

그들은 특히 엘리나이젤과 친했던 드래곤들이었기에, 엘프와 엘리나이젤이 마족들에게 그토록 심한 고통을 받았다는 사실을 알게 되자 분노를 금치 못했다.

'아아, 엘리나이젤이 그런 끔찍한 일을 당하고 있었다니!'

'용서할 수 없어! 감히 우리의 친구 엘리나이젤을!'

물론 그들이 그러한 일이 벌어지고 있었다는 것을 전혀 모르고 있었던 것은 아니었다. 지난 백 년 동안 수시로 엘프들이 찾아와 자신들을 도와 달라고 했던 것을 기억하기 때문이었다.

그러나 로드 푸르카의 지시로 인해 드래곤들은 드래곤 산맥을 떠날 수 없었다. 특히나 마족들과 관련된 일에는 전혀 관여할 수가 없었기에, 어쩔 수 없이 친구의 고통을 외면하고 있었던 것이다.

그런데 아그노스로부터 엘리나이젤에 대한 상세한 얘기를 듣게 되자 그들은 마음의 가책과 더불어 마족들에 대한 분노가 들끓어 오르지 않을 수 없었다.

켈사이크 역시 마음이 불편한 것은 마찬가지였다. 그는 비록 엘리나이젤과 그리 친한 사이는 아니었지만 그렇다 해도 마족들이 이로이다 대륙을 무대로 날뛰고 있는 것을 지켜봐야 하는 것에는 큰 불만을 품고 있었다.

다만 로드 푸르카에 대한 두려움과 그에 대한 충성심이 그러한 불만을 누르고 있을 뿐.

그래서일까? 켈사이크는 인상을 확 구긴 채 아그노스를 잡아먹을 듯 노려봤다.

"그래서 그게 어쨌다는 것이냐? 너는 지금 여기서 그 말을 왜 하는 것이냐? 우리가 로드의 뜻을 거스를 수 없음을 설마 모르고 있느냐?"

"알아요. 켈사이크 님도 어쩔 수 없이 로드의 뜻을 따르고 있다는 것을요."

"크큿! 알고 있으면서 왜 쓸데없는 소리를 지껄이는 것이냐?"

"그렇기에 더더욱 말을 할 필요가 있는 것이죠. 켈사이크 님은 대체 언제까지 그 정신 빠진 로드의 뜻에 맹종하고 있을 건가요?"

정신 빠진 로드라니!

켈사이크는 일순 귀를 의심했다. 다른 드래곤들도 역시 마찬가지였다. 그들은 아그노스가 절대 입에 담아서는 안 될 말을 한 것에 경악한 터였다.

"아그노스, 너 미쳤느냐? 지금 네가 뭐라고 말한 줄 아느냐?"

"저 안 미쳤어요. 정신 멀쩡하니 염려 말아요."

아그노스는 눈에 힘을 주며 말을 이었다.

"로드는 지금 마족의 딸에 정신이 팔려 드래곤으로서의 위신을 끝없이 추락시키고 있어요. 대체 드래곤과 마족과 맹약이라니. 그게 말이 되는 소리인가요? 하지만 지난 백 년 동안 모두들 로드가 두려워 찍소리 한 번 못 하고 있잖아요. 지금 우리에게 필요한 건 맹종이 아닌 용기예요!"

그러자 켈사이크는 탄식하더니 고개를 돌려 포르티를 쳐다봤다.

"아그노스가 아무래도 미친 것 같다. 포르티, 너라면 알고 있겠구나. 쟤가 대체 왜 저러는지 말이야?"

포르티는 비릿하게 웃으며 대답했다.

"아그노스는 지극히 정상입니다, 켈사이크 님. 당신도 이미 짐작하고 있을 텐데요? 미친 건 아그노스가 아니라 로드라는 것을."

"무엇이?"

"맹종이 아닌 용기! 아그노스가 멋진 말을 했군요. 저 역시 그 말에 찬동합니다. 지금 우리 드래곤들에게 필요한 건 용기입니다."

"닥쳐라! 네놈도 미친 것이냐?"

켈사이크는 더욱 어이없어하는 표정을 지었다. 그때 아그노스가 다시 입을 열었다.

"켈사이크 님, 정말로 부끄럽지 않은가요? 정작 마족들로부터 이로이다 대륙을 수호해야 할 우리 드래곤들은 쥐 죽은 듯 잠자코 있는 사이 저 무혼이라는 인간 혼자서 마족들과 외로이 싸우고 있어요. 그런데 로드는 저자를 돕지는 못할망정 오히려 그를 죽이려 하고 있다고요. 도대체 왜 우리가 마족들이 기뻐할 만한 일을 해야 하는 걸까요?"

그러자 샤로나와 루디스를 비롯한 대부분의 드래곤들의 표정에 짙은 수치심이 어렸다. 로드의 위세에 눌려 말을 하지 않고 있었을 뿐, 그들 중 누구도 로드에게 불만을 품지 않은 이들은 없었다.

순간 켈사이크가 인상을 잔뜩 쓰며 신경질적으로 말했다.

"그래서 대체 어쩌겠다는 것이냐? 설마 너는 우리가 저 하찮은 인간 나부랭이를 도와주기라도 해야 된다고 주장하고 싶은 것이냐?"

"물론이에요."

"크큿! 그래. 좋아. 설령 미친 척하고 그렇게 한다고 치자. 그때 과연 로드가 가만있을 성싶으냐? 그분의 능력은 우리 모두가 힘을 합쳐도 어쩔 수 없을 만큼 강하다. 그분의 분노 앞에 우리는 모조리 갈가리 찢어져 몬스터들의 영

양 좋은 식사거리로 전락하게 될 것임을 정녕 모르느냐? 설마 너는 저 하찮은 인간 녀석이 로드의 분노로부터 우리를 구해 줄 수 있을 거라 착각하는 건 아니겠지?"

순간 아그노스는 입술을 꽉 깨물더니 결연한 표정으로 고개를 끄덕였다.

"저는 엘리나이젤과 아르나가 저자를 로드이자 마스터로 섬기고 있다 말했을 때만 해도 도무지 믿기지 않았죠. 과연 한낱 인간이 강해 봤자 얼마나 강할 수 있을지 의문이었으니까요. 그러나 우리 드래곤들 앞에서도 당당한 저 모습을 직접 목격하니 왠지 확신이 생겼어요."

"뭘 확신한다는 것이냐?"

"물의 정령 아르나가 말하더군요. 자신의 마스터는 천년 전 필리우스 못지않게 강하다고요. 아니, 어쩌면 이미 그의 경지를 넘어섰을 거라고 말이에요. 엘리나이젤 또한 그 말에 동의했죠. 물의 정령과 엘프의 수호 정령이 하는 말에 거짓이 있을 리 있을까요?"

"……!"

그 말에 켈사이크의 표정은 경악으로 물들었다.

그 역시 필리우스가 누군지 아주 잘 알고 있었다. 천 년전 필리우스에게 도전했다가 자칫 죽을 뻔했었으니 말이다.

그런 만큼 그는 필리우스의 강함에 대해 누구보다 두려

워했다. 드래곤이 아닌 하프 머맨으로서 드래곤 로드와 맞먹는 불가사의한 경지에 이른 일대 기린아 필리우스를 심지어 동경하기도 했다.

그런데 아그노스로부터 무혼이 필리우스 못지않은 능력을 지니고 있다는 터무니없는 말을 듣자 황당하기 그지없었다.

"헛소리일 뿐이다. 그건 말도 안 되는 소리다."

켈사이크는 아그노스의 말을 믿을 수 없었다. 아니, 믿고 싶지 않았다.

비록 조금 전 무혼으로부터 알 수 없는 미증유의 기세를 느끼긴 했지만 그것이 자신의 착각이었다고 여길 뿐이었다.

특히나 드래곤 중 두 번째로 강한 그로서는 하찮은 인간 따위가 자신을 능가할 만큼 강한 존재라는 것을 절대 인정하고 싶지 않았다. 그런 자는 천 년 전 필리우스 하나면 족했으니까.

그러나 켈사이크와 달리 샤로나와 루디스를 비롯한 다른 드래곤들은 아그노스의 말에 심히 동요하는 기색이었다.

그들 중 일부는 아그노스와 눈빛을 주고받았고, 또 다른 일부는 무혼을 뚫어져라 쳐다보며 기이한 표정을 짓고 있었다.

그러한 모습들은 이내 켈사이크의 시야에 포착되었고, 그로 인해 그는 매우 당황하지 않을 수 없었다. 이대로라면 자칫 드래곤들이 아그노스와 포르티를 따라 대거 이탈하는 사태가 발생할 수 있기 때문이었다.

"어리석은 생각들 하지 마라. 감히 로드를 두고 하찮은 인간 따위에게 일신을 의탁할 생각이더냐?"

켈사이크가 드래곤들을 험하게 노려보며 외쳤다. 그러자 아그노스가 켈사이크의 말을 무시한 채 무혼을 쳐다보며 말했다.

"나와 포르티는 친구 엘리나이젤의 현명한 충고를 받아들이기로 결심했죠. 무혼, 그대는 우리를 친구로 받아 줄 용기가 있나요?"

그 말에 무혼은 담담히 미소 지으며 고개를 끄덕였다.

"지금의 상황이 뜻밖이지만 당신들이 나와 친구가 되길 원한다면 얼마든지 환영이오."

무혼은 아그노스와 포르티가 특별히 이 상황을 설명해 주지 않아도 이미 켈사이크와 그들이 나누는 대화를 통해 어떤 상황이 벌어지고 있는지 충분히 이해하고 있는 터였다.

'설마 드래곤 로드라는 자가 마족의 딸에게 정신이 팔려 자신의 본분을 잊고 있다는 건가? 심지어 그것 때문에 드래곤과 마족들이 불가침의 맹약까지 맺었다니, 정말 믿

기 힘들군.'

그래서 세상이 이 지경 이 꼴이 된 것이었다. 이로이다 대륙 곳곳에서 마족들이 판을 치는 세상이 된 것에는 드래곤들의 과오가 지대했다. 그 사실을 알게 된 무혼은 그야말로 어처구니가 없었다.

'그래도 드래곤들 중에 생각이 제대로 박혀 있는 이들이 존재한다는 것이 매우 다행이로군. 잘하면 꽤 쓸 만한 조력자들을 얻을 수 있겠어.'

그러나 장차 로드 푸르카와의 충돌은 불가피해 보였다. 차원의 보주를 얻을 길은 정말로 요원해지는 것일까?

스스.

그때 아그노스와 포르티가 무혼이 서 있는 돌산의 정상 위로 내려섰다. 아그노스가 신비한 은발을 쓸어 넘기며 미소 지었다.

"내 이름은 아그노스! 천 년 전 필리우스 이후로 또 하나의 멋진 인간 친구를 얻게 되어서 정말 기쁘군요."

무혼이 고개를 끄덕이며 대답했다.

"나 역시 당신과 같은 현명한 드래곤 친구를 얻게 되어 무척 기쁘게 생각하오."

그러자 이번에는 붉은 머리의 포르티가 씩 웃으며 말했다.

"나는 포르티라 하지. 그동안 마족 놈들의 만행을 그저 외면하고 있었던 내 모습이 정말 부끄럽군. 앞으로 나도 친구를 도와 마족 놈들을 쓸어버리도록 하겠다."

포르티의 강렬한 눈빛에는 진심이 담겨 있었다. 무혼의 입가에 다시 미소가 맺혔다.

"고맙소. 당신들이 나를 도와준다면 마족들을 보다 빨리 쓸어버릴 수 있을 것이오."

순간 포르티가 미간을 살짝 찌푸리며 고개를 흔드는 것이었다.

"이봐! 방금 친구가 되기로 했으면서 웬 존칭인가? 친구 사이에는 그냥 말을 편하게 하는 게 어때?"

"아무리 그렇다 해도 그건 좀 그렇지 않소? 천 년 전 필리우스 님과도 친구였던 드래곤들이라면 최소한 그 연세가 천 년은 넘을 텐데 말이오."

조금 전 무혼이 켈사이크에게는 험한 반말을 했던 것은 그가 먼저 무혼을 핍박하며 죽이려 했기 때문이며, 자칫 전투를 벌여야 할 삭막한 상황이기 때문이었다. 전쟁터에서 상대에게 예의를 차리는 바보는 없지 않은가.

그러나 지금의 아그노스와 포르티는 경우가 다르다.

무혼은 상대가 어떻게 나오느냐에 따라 그를 대하는 태도가 달라진다.

상대가 예의를 갖추고 나오면 설령 몬스터라 해도 예의로 대해 주지만, 강압과 오만으로 나오면 드래곤이라 해도 그와 똑같이 응대해 준다.

이는 강자에게는 유독 강하게 나가는 그의 성격 때문이기도 했다.

그때 포르티가 크게 웃으며 손을 내밀었다.

"하하하! 그런 건 인간들에게나 중요할 뿐 드래곤이나 정령들에게는 아무런 의미가 없다네. 어떤가? 나와 시간과 종족을 초월해 친구가 되는 것이? 그럴 배짱이 없다면 어쩔 수 없겠지만."

"호호! 그거 아주 멋진 생각이네. 무혼에게 그럴 배짱은 충분해 보이는걸."

아그노스도 흥미롭다는 듯 눈을 반짝이더니 손을 내밀었다. 이런 걸 배짱이라고 말하다니 드래곤들의 사고방식도 정령 못지않게 특이하긴 특이했다.

"뭐, 그렇다면 나 역시 환영하는 바이지."

무혼은 불쑥 그들의 손을 맞잡으며 미소 지었다.

본래 있던 세계였다면 있을 수 없는 일이지만 어느덧 무혼은 이런 이질적인 방식에 제법 익숙해져 있나 보다.

그러고 보면 아름다운 정령들의 목욕 시중을 받는 것도, 사악한 마족들과 전투를 벌이는 것도, 최소 천 년을 넘게 산 드래곤들과 나이를 초월해 친구가 되는 것도 모두 이곳 이로이다 대륙에서는 아주 자연스러운 일이었다.

그런데 바로 그때 상공에서 차가운 음성이 울려 퍼지는

것이었다.

"크큿! 그것참 눈물겨운 장면이로군그래. 세월과 종족을 초월해 친구가 된다는 건 멋진 일이긴 하지. 나 역시 천년 전 필리우스와 그렇게 친구가 되었으니까 말이야."

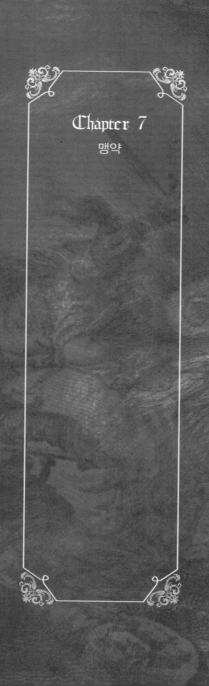

Chapter 7
맹약

신비한 황금빛의 머리를 가진 청년이었다. 그는 상공에
떠 있었고, 그의 신장은 무혼과 비슷했다. 놀랍게도 그는
마치 계단을 타고 내려오듯 허공을 걸어 내려오고 있었다.

그는 갑자기 나타났다. 조금 전까지는 없던 인물, 아니,
드래곤이었다. 그는 대체 누구일까? 그가 대체 누구이기
에 조금 전까지 무혼을 향해 친근한 미소를 짓던 아그노스
와 포르티의 안색이 파랗게 질린단 말인가?

그뿐이 아니다. 마왕을 연상케 하는 거대하고 험상궂은
사룡 켈사이크 역시 잔뜩 긴장한 표정으로 숨을 죽인 채
청년의 눈치만 보고 있었다.

비로소 무혼은 청년이 혹시 말로만 듣던 드래곤의 로드가 아닌가 하는 생각이 들었다.

그러고 보니 과연 그럴 만했다. 황금빛 머리카락을 가진 그 청년으로부터 풍겨 오는 기세는 켈사이크와 달리 매우 부드러우면서도 광대했다. 켈사이크가 거친 파도와 같다면 청년은 잔잔히 가라앉아 있는 드넓은 바다를 연상케 했으니까.

그것은 청년의 경지가 켈사이크보다 몇 단계 위에 있음을 의미했다.

청년은 웃고 있었지만 마치 거대한 산이 다가오는 것과 같은 미증유의 중압감이 밀려왔다. 이로이다 대륙에 온 이후, 아니, 그 이전에도 무혼은 단연코 이와 같은 가공할 기세를 가진 이는 본 적이 없었다.

"당신이 혹시 드래곤 로드 푸르카요?"

무혼이 묻자 푸르카는 슥 고개를 끄덕였다. 그러다 그는 돌연 두 눈을 휘둥그레 뜨더니 나직하게 탄식을 하는 것이었다.

"허어! 이런! 그 팔찌는 설마? 그렇다면 자네는 분명 필리우스와 인연이 있었겠군. 그렇지 않나?"

무혼은 자신의 오른 손목에 착용되어 있는 투명한 팔찌를 푸르카가 단번에 알아봤다는 사실에 놀랐다.

"어떻게 알아봤는지 모르지만 내가 이 팔찌를 필리우스

님으로부터 받은 것은 틀림없소."

"역시 그렇군. 알고 있는지 모르겠나만 나는 필리우스와 매우 절친한 친구였지. 혹시 그 친구가 어찌 되었는지 물어도 되겠나?"

무혼은 잠시 침묵했다.

'이자가 비록 나와는 적이 될지 모르지만 당시 필리우스 님과는 친구 사이였다면 도리상 그분의 죽음을 알려 주는 게 맞겠지.'

곧바로 무혼은 푸르카를 향해 담담히 말했다.

"그분은 이미 오래전에 영면에 드셨소."

그러자 푸르카의 표정에 짙은 안타까움이 스쳤다. 그는 이내 탄식하며 말했다.

"예상은 했던 일이지만 직접 그 사실을 전해 들으니 마음이 정말 아프군. 제길! 못난 친구 같으니라고. 차원 여행을 한다고 그토록 호들갑을 떨더니만 결국 죽었다는 말인가? 세상에서 나를 이해해 주는 유일했던 녀석이 말이야."

푸르카의 탄식이 한동안 이어졌고, 무혼은 말없이 그를 노려보고 있었다.

그런데 그때 필리우스의 죽음에 대해 그보다 더욱 슬퍼하는 이가 있었으니 다름 아닌 아그노스였다.

"아아, 이럴 수가! 필리우스! 당신이 죽었다니!"

비틀거리는 아그노스의 두 눈에서 눈물이 주르륵 흘러

내렸다. 그러자 푸르카가 힐끗 아그노스를 쳐다보며 말했다.

"필리우스의 죽음은 슬픈 소식이지만 그로 인해 너까지 잃게 될까봐 심히 우려되는구나, 아그노스."

아그노스는 고개를 들어 푸르카를 노려봤다.

"제가 필리우스를 따라 죽겠다 말했던 것을 기억하시는군요. 로드께서는 제가 그를 따라 죽기를 진정 바라시나 봐요?"

"하하하! 설마 그럴 리가 있겠느냐? 하지만 너는 내가 말린다 해도 어차피 죽을 것이 아니냐? 필리우스에 대한 너의 마음은 진심이었으니 말이야."

"본래는 그랬죠."

아그노스는 눈물을 닦고는 싸늘히 웃으며 말을 이었다.

"하지만 어쩌죠? 이제는 죽고 싶지 않아요. 내가 죽는 것을 필리우스도 바라지 않을 거라 확신해요. 로드께서는 제가 죽지 않아 무척 실망하시겠지만."

아그노스는 푸르카가 무혼에게 필리우스의 죽음에 대한 사실을 물은 진정한 목적이 바로 아그노스 그녀를 겨냥한 것이라는 사실을 깨닫고는 치를 떨었다. 아그노스와 포르티가 자신을 배신한 것에 분노한 푸르카는 손 하나 까딱하지 않고 아그노스를 죽음으로 몰아넣으려 했던 것이 분명했다.

포르티 역시 그와 같은 사실을 깨닫고는 분개한 표정을 지었다. 물론 그는 푸르카가 충분히 그러고도 남을 자라는 사실을 알고 있었지만, 그래도 이렇게 눈 하나 까닥하지 않고 한때 자신의 친구였던 필리우스의 죽음까지 이용하는 모습을 보여 주자 진심으로 치가 떨리지 않을 수 없었다.

"로드! 부디 저와 아그노스를 이해해 주셨으면 합니다. 우리는 더 이상 마족 놈들이 활개치고 다니는 꼴을 보고 싶지 않습니다."

그러자 푸르카는 웃는 것 같기도 하고 성난 것 같기도 한 기이한 표정을 지으며 말했다.

"아그노스! 곱게 죽을 기회를 주었는데 그게 싫다니 애석하군. 그래도 한때는 내 식구였던 네년을 내가 직접 목을 비틀어 죽여야 한다는 사실에 가슴이 찢어지는구나. 그리고 포르티! 네놈 또한 마찬가지야. 로드인 나를 배신한 죄는 오직 죽음으로 갚아야 함을 잘 알고 있겠지?"

그 말과 함께 푸르카의 두 눈에서 섬뜩한 살기가 번뜩였다. 그 살기에 압도당한 아그노스와 포르티는 감히 저항할 생각도 하지 못하고 안색이 창백하게 질려 버렸다.

그들은 마치 뱀을 본 개구리처럼 꼼짝을 할 수 없었다. 푸르카가 다가와 그들의 목을 비틀면 비트는 대로 그저 당할 수밖에 없는 처지였다.

"묻겠다. 왜 나를 배신했느냐, 아그노스?"

푸르카가 다가오며 물었다. 그의 움직임은 느릿했지만 마치 죽음의 신이 다가오는 것처럼 아그노스에게는 크나큰 절망이었다. 그녀는 자신이 무슨 수를 써도 푸르카에게 죽을 수밖에 없다는 생각이 들자 짙은 체념의 탄식을 토했다.

"하아! 포르티의 말대로 마족들이 활개를 치는 걸 보고 싶지 않았어요. 친구 엘리나이젤의 고통을 외면했던 것도 마음이 아팠고요."

"바보 같은! 내가 언제까지 그 마족 놈들을 두고 볼 것이라 생각했다는 말이냐?"

"무려 백 년이 지났어요. 그동안 그들이 얼마나 사악한 짓을 많이 벌였는지 로드께서는 알고 계신가요?"

"물론이다. 너희들이 알지 못하는 사실까지도 나는 잘 알고 있지. 하지만 그럼에도 마족들을 그냥 놔두는 이유가 뭐였다 생각하느냐? 너희들의 로드인 내가 설마 너희들이 생각하는 것도 모를 만큼 어리석다 생각했느냐?"

"억지 부리지 말아요. 로드께서는 마족의 딸에 정신이 팔려 모든 상황을 외면하고 있었잖아요."

어차피 죽을 상황이다 보니 없던 용기가 생긴 것일까? 아그노스는 평소에 하지 못했던 말을 토해 내고 있었다.

그러자 푸르카가 키득거리며 웃었다.

"큭큭! 틀린 말은 아니지. 리디아에게 내가 정신이 팔린 것은 틀림없는 사실이니까. 하지만 내가 오직 그녀 때문에 마족들을 봐주고 있다 생각했다면 너희들의 큰 착각이다. 나는 그저 때가 무르익기를 기다리고 있었음을 너희가 어찌 짐작이나 할 수 있겠느냐?"

"때라 하면?"

"인간들이건 요정들이건 몬스터들이건 지금 이로이다 대륙에 너무 득실거리고 있다는 게 문제야. 그러다 보니 대륙은 너무 시끄럽고 지저분해져 있지. 서대륙의 인간 놈들은 하루가 멀다 하고 전쟁을 벌이고 있고, 동대륙의 오크 놈들 역시 마찬가지지. 다시 말해 바글대는 인간들과 몬스터 놈들 때문에 아름다운 이로이다 대륙이 병들고 있단 말이야. 한 번쯤 먼지 털 듯 싹 청소할 때가 왔다는 생각 안 해 보았느냐?"

그 말에 아그노스와 포르티는 어이없어하는 표정을 지었다. 그들이 아무리 대륙의 수호자인 드래곤이라 해도 인간이나 몬스터들의 개체수가 많다는 이유로 먼지 털 듯 싹 청소를 하겠다는 생각은 해 본 적이 없었다. 아니, 앞으로도 그런 소름 끼치는 생각은 절대 하지 않을 것이다.

"로드! 그건 마족들이 항시 주장하던 궤변이 아니었던가요? 땅덩이는 좁은데 개체수가 너무 많으니 좀 줄여서 평화로운 세상을 만들겠다고! 하지만 그것은 핑계일 뿐 그들은 살육 자체를 즐기는 놈들이잖아요."

"큭큭! 너희들이 어째서 로드가 될 수 없는지 모르느냐? 그건 나와 같은 로드만이 가질 수 있는 현명함이 너희에게 없기 때문이지."

"설마 먼지 털 듯 대륙을 청소해야겠다는 끔찍한 발상이 그 현명함이라는 건가요?"

"말해 주지. 네가 말한 마족들이 바로 이로이다 대륙의 청소를 담당하는 일종의 청소부라 할 수 있다. 우리 드래곤들은 그 청소부를 심판하는 심판자이고 말이야."

푸르카는 키득거리며 말을 이었다.

"너희들은 상상도 못 하겠지만 이로이다 대륙은 아주 오래전부터 그렇게 유지되어 왔지. 때가 되면 마족들이나 혹은 이계의 침략자들이 나타나 대륙을 쓸어버리고, 그것들을 우리 드래곤이 쓸어버리고, 그럼 대륙은 아주 깨끗하게 정화되게 된다 이거지. 앞으로도 마찬가지다. 물론 그 심판의 때는 드래곤 로드인 나의 의지에 따라 정해지게 되겠지만."

"어찌 그런 말도 안 되는 궤변을!"

아그노스는 치가 떨리는 듯했다. 푸르카의 말이 사실이라면 드래곤들 역시 마족들과 크게 다를 바 없는 존재이기 때문이었다.

푸르카는 혼란에 빠져 있는 아그노스와 포르티를 노려

보며 성큼 다가갔다.

"쓸데없이 잡설이 길었군. 그만 죽여주마. 이 정도면 너희들이 궁금해하는 것에 대해 충분히 설명이 되었을 테니까 말이야."

그러자 아그노스와 포르티는 탄식하더니 눈을 감아 버렸다. 자신들이 무슨 저항을 한다 해도 소용없음을 아는 이상 차라리 속편하게 삶을 포기하기로 했던 것이다.

바로 그 순간.

"거기까지. 더 이상 접근하면 너는 죽는다."

푸르카의 표정이 기괴하게 변했다. 그는 힐끗 고개를 돌려 자신을 협박한 무혼을 노려봤다.

"지금 내게 뭐라고 했지? 내가 잘못 들은 건가?"

"귀가 먹은 건지 아니면 귀에 귓밥이 가득 차 있는지 모르겠지만, 꽤 크게 말했는데도 못 알아들었나 보군. 다시 말해 주지. 그 자리에서 한 발자국이라도 움직이는 순간 네 심장은 반쪽으로 쪼개진다. 못 믿겠으면 시험해 봐도 좋을 거야."

그 순간 푸르카는 무혼의 오른손에 들린 롱소드의 검신이 찬란한 백색의 광채에 뒤덮여 있는 것을 볼 수 있었다.

오러 블레이드.

마나로 오러를 생성한 후 그것을 응축해 검의 형태로 변환시키는 검의 궁극 경지로 어지간한 드래곤들도 매우 꺼림칙하게 여기는 것이었지만, 솔직히 그것은 푸르카에게 그 어떤 두려움을 줄 수 없었다. 그는 오러 블레이드를 구사할 수 있는 소드 마스터 수십 명이 나타난다 해도 가소롭게 생각할 것이니까.

그러나 그의 안색은 어느새 딱딱하게 굳어지고 말았다.

고요하게 가라앉아 그 어떤 감정의 동요도 없어 보이는 무혼의 두 눈에서 흑색의 빛이 폭풍처럼 쏟아져 나오는 순간 푸르카는 난생처음 공포라는 것을 느꼈다.

믿을 수 없게도 지금껏 푸르카가 단 한 번도 느껴 본 적 없는 숨 막히는 살기가 그의 몸을 옥죄고 있었다. 그로 인해 그의 심장이 세차게 뛰었고 전신이 팽팽한 긴장감으로 굳어졌다. 흡사 시간이 정지되어 있는 듯 꼼짝도 할 수가 없었다.

'이, 이런 말도 안 되는……!'

사실 푸르카가 나타난 것은 사룡 켈사이크의 긴급한 마법전성 때문이었다.

드래곤 중에서 가히 열 손가락 안에 드는 실력을 지니고 있는 아그노스와 포르티가 배신을 했을 뿐만 아니라 다른 드래곤들의 마음이 흔들리고 있다는 말에 푸르카는 만사를 제치고 황급히 이곳으로 공간 이동해 온 것이었다.

푸르카는 무혼이라는 인간 청년이 필리우스의 후인이라는 것이 매우 뜻밖이라 생각했지만, 그의 실력을 그리 대단하게 보지는 않았다.

필리우스의 후인인 만큼 인간 중에 제법 특출 난 실력을 가지고 있어 운 좋게 마족들도 몇 쓰러뜨릴 수 있었으리라 생각했을 뿐이었다.

그러나 그가 미처 짐작하지 못한 것이 하나 있었는데, 그것은 무혼이 일부러 자신의 기세를 감추고 있다는 사실이었다.

무혼은 상대의 방심을 유도하기 위해 아주 특별한 경우가 아니면 작은 살기조차 발산하지 않는다. 설령 살기를 드러내고 실력을 내보인다 해도 진짜 실력은 감추어 왔다.

지금도 마찬가지였다. 그렇지 않았다면 푸르카가 처음부터 무혼을 경계했을 것이다.

그가 아무리 아그노스와 포르티의 배신으로 인해 분노해 있었다 해도 이토록 섣불리 무혼과 가까운 거리로 접근하지는 않았을 것이었다.

그러나 이미 후회는 늦은 터였다.

푸르카의 무의식과 본능은 극히 위험한 신호를 보내고 있었다. 그는 자신이 섣불리 움직였다가는 정말로 심장이 반쪽으로 쪼개질 수도 있음을 본능적으로 느꼈다.

푸르카는 탄식했다.

"이로이다 대륙에 필리우스 못지않은 괴물이 또 나타난 것인가? 아무래도 필리우스 녀석이 괴물을 키워 낸 게 분명해, 빌어먹을!"

"괴물이라니. 당신 같은 괴물 드래곤에게 그 말을 들으니 썩 듣기 좋지는 않군."

무혼에게는 드래곤이야말로 괴물이었다. 진정한 괴수인 드래곤 로드가 인간인 자신에게 괴물이라 칭하다니 어처구니가 없었다.

그러자 푸르카가 피식 미소를 흘리며 말했다.

"어쨌든 멋지군. 자신의 기세를 짐짓 감추어 나를 감쪽같이 속였다니 말이야. 아쉽게도 거짓말을 못하는 우리 드래곤들에게는 자네 같은 적이 가장 두렵지. 정말로 소름 끼치도록 말이야."

"소름 끼치는 건 당신인 것 같소. 마족들을 일부러 방치해 이로이다 대륙의 여러 종족들이 멸망하게 둔다는 그 끔찍한 발상 말이오. 당신의 그 말로 인해 비로소 고대의 라따들이 왜 멸망했는지도 짐작할 수 있었소. 나는 도대체 왜 그때 드래곤들이 미적거리면서 라따들의 멸망을 방치했는지 정말 궁금했거든."

"크큿! 당하는 입장에서 보면 꽤 억울할 수도 있겠군. 그러나 그것은 어쩔 수 없는 일이다. 주기적으로 방을 청소하듯 이로이다 대륙도 깨끗이 정화시켜야 오래도록 아름답게 보전될 수 있는 것이지."

"드래곤 빼고 모두가 멸망하고 나면 그게 무슨 의미가

있소?"

"걱정 말게. 그렇게 완전한 멸종이 되도록 내버려 두지
는 않으니까 말이야. 특히 웬만하면 인간은 조금 남겨 둔
다네. 그리고 만에 하나 설령 완전히 멸종하는 일이 벌어
진다 해도 시간이 지나면 자연스레 다른 차원에서 누군가
이주를 해 오거나 저절로 새로운 종족이 탄생하며 대륙은
번성하게 될 거야."

푸르카는 오만한 표정으로 말을 이었다.

"따라서 굳이 시끄럽고 혼란스러운 상태를 유지시킬 필
요가 없다는 것이네. 자네도 곰곰이 생각해 봐. 땅은 한정
되어 있는데 인간들이 너무 많아지면 먹고살기 위해 서로
싸울 수밖에 없는 것이네. 그건 이종족들도 마찬가지지.
그들 대부분이 사라져 버린다면 이로이다 대륙은 전쟁도
사라지고 상당히 살기 좋아질 거야."

"마족들에게 무참하게 죽어 가는 인간이나 이종족들에
대한 배려심은 조금도 찾아볼 수 없군. 그게 드래곤의 사
고방식인가?"

그러자 푸르카는 비웃음을 흘렸다.

"자네는 뭔가 크게 착각하고 있군. 우리 드래곤들이 인
간들을 굳이 도와줄 의무가 있다 생각하는가? 물론 그동
안 간혹 도와줬던 경우도 있었네만 그게 당연한 건 아니었
어. 우리가 도와주지 않아도 전혀 상관없다는 말이야."

"……!"

"그리고 도움이 필요한 이들이 도와주는 이에게 불평할 자격이 있다 생각한다면 그야말로 염치가 없는 것이라네. 스스로 자신들을 지키지 못하는 주제에 도와주는 이에게 무슨 불만을 말할 자격이 있다는 건가?"

그 말에 무혼은 씁쓸히 웃었다.

그러고 보니 푸르카의 말이 전혀 틀린 것은 아니었다. 마족들로부터 자유를 쟁취할 만큼 인간들이 강하지 못했던 것에도 충분히 문제가 있기 때문이다.

그러나 드래곤들이 진정한 강자이고 대륙의 수호자라면 약자들의 약함을 살필 수도 있어야 한다.

적어도 무혼은 그렇게 생각하고 있었다.

"내가 볼 때 드래곤들은 매우 오만하며 어리석고, 전혀 현명하지 않군."

"인간의 관점에서 볼 때는 그렇게 보일 수 있지만, 인간이 아닌 드래곤의 관점에서 보면 나의 행위는 지극히 현명한 것이야. 쯧! 어리석은! 인간의 좁은 우물 같은 잣대로 어찌 넓은 바다와 같은 드래곤을 판단하려 하는가?"

무혼의 두 눈이 차갑게 번뜩였다.

"그렇다면 이런 생각을 해 본 적은 없소? 그러다 드래곤들도 누군가에게 청소를 당할 수 있다는 생각 말이오."

"미쳤군! 그런 일은 결코 벌어지지 않는다. 감히 누가 있어 드래곤들을 심판한다는 건가?"

"아무도 없다면 내가 할 생각이오."

"크큿! 하찮은 인간 주제에 별 망상을 다 꾸는군."

순간 무혼의 몸에서 폭풍 같은 기세가 뿜어져 나왔다.

"당신은 지금 상황을 잘 파악 못 하고 있군. 지금은 당신이 내게 이죽거릴 만큼 여유로운 상황이 아닌 듯한데 말이야. 정말로 내가 지금 당장이라도 당신의 심장을 박살 낼 수 있다는 걸 시험해 보고 싶은가?"

무혼의 기세에 놀란 듯 푸르카의 안색이 살짝 굳어졌다. 그러나 그는 이내 어깨를 으쓱하며 말했다.

"자네도 알겠지만 나와 같은 경지에 이르면 온몸이 조각나는 순간에도 최소한 한 번쯤은 궁극기를 펼쳐 낼 수 있다네. 그렇게 되면 어떻게 될까? 우리 둘이 함께 죽는 것이지. 아니, 엄밀히 말하면 자네만 죽게 될 거야. 왜냐면 나는 완전히 죽어도 다시 한 번 살아날 수 있는 능력이 있으니까."

완전히 죽어도 다시 살아날 수 있다니. 그게 말이 되는가?

"드래곤들에게 그런 능력도 있다는 소리는 처음 들어 보는군."

무혼이 믿기지 않은 표정을 짓자 푸르카는 의미심장한 미소를 지었다.

"나는 드래곤 로드라네. 인간인 자네가 상상할 수 없는 세월을 살아왔지. 내가 한 번쯤 죽었다가 완벽히 부활한다 해도 그리 특별한 일은 아니야. 인간과 드래곤은 차원 자체가 다른 존재니까 말이야. 물론 그렇다고 모든 드래곤들에게 부활 능력이 있는 건 아니지. 아마 로드인 내게만 있다고 보는 게 맞을 거야."

무혼의 안색이 굳어졌다. 그는 푸르카가 죽는 순간에도 한 번쯤 궁극기를 펼칠 수 있다는 말이 왠지 허언이 아님을 느낄 수 있었다. 확실히 푸르카 정도의 경지에 이른 드래곤이라면 충분히 가능한 일인지도 모른다.

물론 그러한 상황이 벌어진다 해도 무혼이 호락호락하게 당하지는 않겠지만, 상대는 드래곤의 로드다. 그가 죽을힘을 다해 펼친 궁극기에 과연 무사하리라는 보장은 없었다.

설사 죽지는 않게 된다 해도 무혼은 치명적인 부상을 입을 가능성이 있었다. 그와 같은 상황에서 켈사이크를 비롯한 드래곤들의 공격을 무혼이 방어해 내기란 무척 힘들 것이다.

그런데 진정한 문제는 그것이 아니었다. 부활 능력이 있는 푸르카가 같이 죽자고 달려들면 결과적으로 죽는 건 무혼뿐일 것이다. 정말로 그에게 그러한 능력이 있다면 지금 상황은 푸르카에게 압도적으로 유리하다고 할 수 있었다.

무혼은 푸르카를 노려보며 말했다.

"그런 능력이 있다니 솔직히 부럽군."

"확실히 부러워할 만한 능력은 맞다네. 자네에게는 매우 불행한 일이겠지만 말이야."

"뭐 어쩌겠소? 내 수명이 여기까지라면 받아들일 생각이오. 드래곤 로드가 가진 두 개의 생명 중 하나를 가져가는 것으로 위안을 삼아야겠지."

무혼이 담담히 웃으며 대답하자 푸르카는 어이가 없는 듯 무혼을 노려보며 물었다.

"자네는 죽음이 두렵지 않은가?"

"죽는 걸 두려워하지 않는 인간은 없소. 나도 인간이니 당연히 죽음이 두려운 게 사실이지."

"그런데 왜 그런 미소를 짓는 건가? 죽을상을 짓는다면 모를까. 어째 이 상황에 전혀 어울리지 않는군."

"아직 나는 죽지 않았으니까. 정말로 죽게 되면 그때는 죽을상을 쓸 것이니 신경 쓰지 마시오."

무혼은 비릿하게 웃으며 말을 이었다.

"그리고 확실히 내가 죽는다는 보장은 없지. 혹시 알겠소? 내가 당신이 가진 두 개의 생명을 모조리 가져갈 때까지 살아남을지 말이야."

그러자 푸르카가 입가를 비틀며 웃었다.

"불가능한 일이다. 내가 방심을 하지 않았다면 네 녀석이 내 근처로 접근이나 할 수 있었다 생각하느냐?"

"그거야말로 당신의 착각이군. 아직껏 나는 내 전력을 드러내 본 적이 한 번도 없거든. 그래서 이제는 그것들을 모조리 쏟아 볼까 생각 중이지. 과연 나 자신도 내가 어느 정도의 능력을 가지고 있는지 궁금하기도 하고 말이야."

그러자 푸르카의 안색이 경악으로 물들었다.

'정말로 이 녀석이 아직 전력을 드러내지 않았다는 건가?'

결코 허풍은 아닌 듯했다. 무엇보다 그는 무혼의 이글거리는 눈빛을 보는 순간, 왠지 모를 불안감이 스멀스멀 밀려드는 것을 느꼈다.

그때 무혼이 푸르카를 노려보며 말했다.

"상황이 불리한 건 나니 선공 정도는 양보해 주리라 믿소. 이제 내가 당신의 심장을 박살 낼 테니 어디 죽을힘을 다해 반격해 보시오."

무혼은 당장이라도 검을 휘두를 기세였다.

순간 안색이 새파래진 푸르카가 황급히 고개를 흔들었다.

"잠깐! 내가 양보하겠다."

"양보라? 그게 무슨 말이지?"

"싸움을 관두자는 거야. 솔직히 말해 우리가 굳이 죽고 살고 싸울 이유는 없잖은가?"

"그거야 아까부터 내가 했던 말이었소. 그런데 여기서 당신을 놔주면 날 공격할 게 분명한데, 내가 당신을 어찌 믿겠나?"

"그건 그렇지. 아무래도 협정이 필요하겠군."

"협정?"

"쉽게 말해 상호 불가침의 맹약을 맺자는 것이야. 이후로 자네와 우리 드래곤들이 절대 서로를 공격하지 않는다는 맹약 말이지."

그렇다면 무혼으로서는 그리 손해 보는 조건은 아니었다. 드래곤들의 협력을 얻지 못한다는 게 아쉽지만, 그들과 적이 되지 않는다는 것만으로도 소기의 성과는 거둔 것이라 할 수 있으니까.

"나야 물론 환영하는 바요. 그런데 어떻게 보면 당신이 꽤 유리한 상황인데 왜 이런 양보를 하는 건지 모르겠군."

"크큿! 만일 자네가 인간 중에서 그저 약간 특출 난 정도의 실력자였다면 이런 말을 하지 않았겠지. 그러나 자네는 우연에 우연이 겹쳐 탄생한 그야말로 천 년 전 필리우스에 못지않은 괴물일세. 나는 그런 괴물을 죽게 만들고 싶지 않단 말이야. 너무 아깝거든. 다시 천 년이 지난다 해도 자네 같은 인간이 나온다는 보장은 없을 테니까."

"뭔가 그럴듯하긴 하지만 그다지 설득력 있게 들리지는 않소. 솔직한 이유를 말해 보시오."

그러자 푸르카는 인상을 확 구겼다.

"야, 이 빌어먹을 자식아! 네놈 같으면 아무리 생명이 두 개라 해도 그중의 하나를 그리 쉽게 내줄 수 있을 것 같으냐? 그리고 부활의 부작용도 있는데 내가 미쳤다고 그런 모험을 하겠냐고! 엉?"

라며 외치고 싶었지만 푸르카는 잡아먹을 듯 사나운 눈초리로 무혼을 한 번 노려보았을 뿐, 이내 다시 부드러운 표정으로 입을 열었다.

"다른 이유는 없어. 그게 전부야. 그리고 이유가 중요한 것은 아니지 않은가? 중요한 건 맹약이라네."

"맹약을 해 놓고 어길 수도 있지 않겠소?"

"그런 경우란 없어. 우리 드래곤들은 신용을 생명처럼 여기지."

"누구나 그렇게 말한 후에 뒤통수를 치는 걸로 알고 있소."

푸르카가 인상을 일그러뜨렸다. 그는 매우 기분 나쁘다는 표정을 지었다.

"인간들이라면 그렇겠지. 그러나 나는 드래곤이다. 인간인 자네가 먼저 우리 드래곤들을 공격하지 않는다면 맹약은 절대 깨어지지 않는다. 또한 앞으로 자네뿐 아니라 자네의 식구나 부하들도 우리 드래곤들의 공격에 안전해질 것임을 보장한다."

"그렇다면 믿어 보겠소만 한 가지 조건이 있소."

"무슨 조건인가?"

"저기 아그노스와 포르티는 나의 친구요. 그들은 이제 당신과는 관계없는 자유 드래곤이며, 나의 식구나 마찬가지니 당신이 절대 해치지 않겠다고 약속해 주시오."

"그, 그건……"

푸르카는 인상을 확 구기며 잠시 갈등하는 표정을 지었다. 그로서는 배신자들을 찢어 죽이고 싶었지만 여기서 무혼의 조건을 거절하면 협상이 무산될 수도 있었다. 그는 이내 고개를 끄덕였다.

"으득! 좋아. 그 조건을 받아들이지. 하지만 저 녀석들은 앞으로 두 번 다시 드래곤 산맥으로 들어오지 못한다. 만일 그런 일이 발생하면 맹약이고 뭐고 당장 목을 비틀어 죽여 버릴 테니까."

순간 옆에서 가슴을 졸이고 있던 아그노스가 코웃음 치며 말했다.

"흥! 절대로 그런 일은 없을 테니 염려 말아요. 우리가 그 지긋지긋한 곳에 왜 가겠어요?"

포르티도 말했다.

"그렇소, 로드. 잔치를 베풀어 초대한다 해도 거절할 생각입니다."

그들의 안색은 눈에 띄게 밝아져 있었다.

그들은 설마 했지만 자신들의 친구인 무혼이 드래곤 로드 푸르카를 반협박해 상호불가침의 맹약을 받아낼 줄은 상상도 못했다. 그것도 모자라 자신들을 로드 푸르카의 구속에서 벗어나게 해줄 줄이야.

  '아아, 내가 자유 드래곤이 되다니!'

  '저 악귀 같은 로드의 손아귀에서 벗어나다니 꿈만 같구나.'

  그들은 말이 드래곤이지 사실은 드래곤 로드 푸르카의 노예나 다름없는 신세였던 것이다.

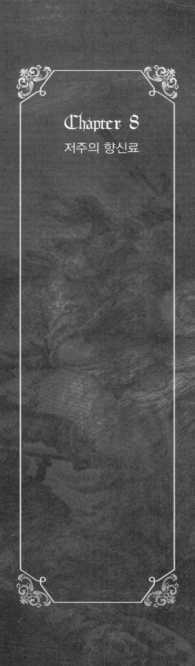

Chapter 8

저주의 향신료

곧바로 무혼은 드래곤 로드 푸르카와 상호 불가침의 맹약을 체결했다.

맹약의 내용은 간단했다. 무혼이 드래곤들을 공격하지 않는 대신, 드래곤들 또한 향후 무혼과 무혼이 관계된 세력(아그노스와 포르티를 포함해서)은 절대 공격하지 않는다는 것이었다.

따라서 앞으로 무혼이 마족들과 전쟁을 벌일 때 드래곤들이 나타나 그것을 방해하는 상황은 발생하지 않을 듯했다. 푸르카는 마족들과 무혼의 전쟁에서 철저한 중립을 지키겠다고 했으니까.

"이것은 지금껏 유례없는 일이로군. 인간 하나와 우리 드래곤들이 맹약을 맺다니 말이야. 필리우스도 이렇게 하지는 못했다네. 아마 오늘의 일이 알려진다면 두고두고 전설처럼 회자될 거야. 먼 훗날 인간들은 자네를 마치 신화 속의 영웅처럼 생각하겠지. 인간으로서 전설의 드래곤들과 친구가 되고, 사악한 마족들과 용감히 맞서다 장렬히 산화한……."

순간 무혼이 푸르카를 노려봤다.

"내가 죽기를 간절히 바라는 마음은 알겠지만, 적어도 마족 놈들과 싸우다 장렬히 산화할 일은 없을 것이니 염려 마시오."

그러자 푸르카가 멋쩍게 웃었다.

"자네가 마족 녀석들을 모조리 해치워 준다면 나야 아주 편하겠지. 굳이 번거롭게 그놈들을 청소할 일이 없을 테니."

"그보다……."

무혼은 문득 본연의 목적을 상기하고는 푸르카를 향해 물었다.

"맹약과는 별개로 한 가지 부탁하고 싶은 게 있소. 혹시 내게 차원의 보주를 만들어 줄 수 있소?"

"지금 차원의 보주라 했나?"

"그렇소."

무혼이 고개를 끄덕이자 푸르카는 피식 웃더니 감회 젖은 표정을 지었다.

"문득 천 년 전 일이 기억나는군. 당시 나는 필리우스와 함께 차원의 보주를 만들기 위해 여행을 떠났지. 그러고 보면 그때가 참 좋았어. 상당히 귀찮았지만 재미도 있었고. 그래도 두 번 다시는 못 할 짓이야. 아무튼 시간이 흘러 또 차원의 보주를 원하는 자가 나타나다니 흥미롭군."

"차원의 보주를 부탁하겠소. 대가가 필요하면 뭐든 얘기해 보시오."

그러나 푸르카는 싸늘히 안색을 굳혔다.

"대가는 필요 없어. 난 자네에게 협조할 생각이 전혀 없으니까. 설마 그 귀찮고 번거로운 작업을 도와줄 만큼 우리 사이가 좋다고 착각하는 건 아니겠지?"

하긴 현재 무혼과 푸르카의 관계는 뭔가를 부탁할 만큼 원만한 상태가 아니었다. 서로를 죽이기 직전까지 갔던 극단전인 상황에서 어쩔 수 없이 불가침의 맹약을 체결했을 뿐, 서로를 못마땅하게 생각하는 것은 변함없는 상태였다.

그래서인지 푸르카는 딱 잘라 거절을 하고 있었다. 그의 단호한 표정을 보니 무혼이 무슨 부탁을 해도 차원의 보주를 만드는 데 도움을 줄 것 같지 않았다.

무혼 역시 그런 푸르카에게 구걸하듯 다시 부탁을 하고 싶은 생각은 없었다. 애초부터 그냥 부탁하기보다는 그에

상당하는 뭔가를 주고 차원의 보주를 구해 보려 했었지,
거저 얻을 생각은 없었으니까. 그런데 그것도 싫다고 하니
어쩌겠는가.

"그렇다면 어쩔 수 없지. 내 스스로 다른 방법을 찾아봐
야겠소."

무혼이 말하자 푸르카는 조소를 날렸다.

"그건 망상에 불과할 뿐이야. 드래곤의 협조 없이 차원
의 보주를 얻는 건 불가능한 일이라네. 그냥 포기하는 게
속편할 거야."

그런데 그때 아그노스가 무혼을 향해 외쳤다.

"무혼! 차원의 보주를 만드는 방법은 나도 알고 있어."

무혼은 반색했다.

"그게 정말이냐?"

"아직 한 번도 그걸 만들어 본 적은 없지만 가능은 할
거야. 그러니 저 속 좁고 성질 더러운 드래곤에게 굳이 부
탁할 필요는 없어."

포르티도 눈을 번쩍이며 동조했다.

"아그노스의 말이 맞다. 나 역시 힘을 보태마. 그러니
저 지랄맞은 성격의 드래곤에게 매달릴 필요 없다, 무혼."

"그거 아주 반가운 소리군."

차원의 보주를 드래곤 로드만이 만들 수 있는 것은 아
니었나 보다. 무혼으로서는 천만다행한 일이 아닐 수 없었

다.

그때 푸르카는 아그노스와 포르티를 잡아먹을 듯 노려
보았다.

'뭣이! 내가 속이 좁아터진 드래곤이라고? 성질이 더러
워? 지랄이 뭐가 어째? 저것들이 감히!'

그는 무혼에게 달라붙어 살살거리는 두 배신자들을 당
장이라도 손보고 싶었지만, 맹약의 조건을 떠올리며 간신
히 참았다.

"크큿! 아그노스, 포르티! 너희들은 차원의 보주라는 것
이 어디 길거리에서 굴러다니는 돌멩이라도 되는 줄 아느
냐?"

그러자 아그노스는 코웃음 치며 대답했다.

"쉽게 만들 수 있을 거란 생각은 안 해요. 그렇다고 불
가능한 일은 아니죠."

"물론 재료만 있으면 차원의 보주를 만드는 건 그리 어
려운 일이 아니다. 하지만 그 재료를 구한다는 게 쉬운 일
이 아니지. 내가 나서도 쉽지 않은 일인데, 어디 과연 너희
들이 차원의 보주를 만들 수 있나 지켜보마."

그 말과 함께 푸르카는 고개를 돌려 무혼을 슥 노려보더
니 말했다.

"이제 마지막 절차가 남았군. 오늘 맹약의 증거를 남겨
둬야겠지."

"증거?"

"각자가 가진 비기 중 하나를 펼쳐 상대에게 경각심을 심어 주도록 하자는 것이지. 기왕이면 아주 강력한 비기를 펼쳐 놓는 것이 좋을 것이다."

"꼭 그런 걸 해야 되겠소?"

무혼은 그다지 내키지 않은 표정으로 말했다. 그러나 푸르카는 막무가내였다.

곧바로 그는 앞에 보이는 큰 산을 향해 오른손을 슥 내밀었다. 순간 귀가 찢어질 듯 요란한 소리와 함께 붉은빛이 일렁거렸다.

화아아아!

붉은빛은 점점 확대되더니 화염에 휩싸인 돌덩어리로 변했다.

쒸이이이잉!

산의 봉우리로 날아가는 거대한 화염석을 본 아그노스와 포르티의 표정이 경악으로 물들었다.

"브…… 브림스톤 익스플로전?"

놀랍게도 화염 속성 최강의 궁극 마법 중 하나가 펼쳐진 것이었다. 그로 인해 형성된 화염석 덩어리는 마치 하늘에서 떨어져 내리는 거대한 운석을 방불케 했다. 그 화염석은 이윽고 산의 상공에 이르러 폭발했다.

콰아아아아아앙!

순간 수천 개의 화염 파편들이 생성되었고 그것들은 각각 화염구로 변해 산으로 내리 떨어졌다.

콰쾅! 콰콰콰콰쾅—

화염구들이 작렬하자 시뻘건 불이 산을 뒤덮었다. 어둠 속에서 생생한 생명력을 내뿜고 있던 산의 나무들이 모조리 화염에 휩싸였다. 산이 시뻘겋게 불타오르며 어둠을 환하게 밝히는 광경은 일견 장관이기도 했다.

'대단하군.'

푸르카가 펼친 마법의 가공할 위력에 무혼은 놀라지 않을 수 없었다.

솔직히 무혼이 가진 그 어떤 무공으로도 방금 푸르카가 펼쳐 낸 광역 마법의 위력을 내기란 불가능했으니까.

"보았는가? 이게 바로 나의 능력이다. 물론 내가 가진 최강의 비기는 아니지. 이보다 더욱 강력한 것도 있으니까."

푸르카는 짐짓 무혼에게 공포심을 주고 싶은 의도로 브림스톤 익스플로전을 펼친 것이었다. 무엇보다 무혼이 두 번 다시 드래곤들을 청소하겠다느니 어쩌니 하는 괘씸한 소리를 하지 못하도록 기를 죽여 놓아야 할 성싶어서였다.

'건방진 녀석! 이 정도면 꽤 겁을 먹었겠지?'

그는 득의만만한 미소를 지으며 자신의 이 마법으로 인해 무혼의 기가 상당히 죽었을 것이라 확신하고 있었다.

그러나 그의 의도와는 달리 무혼은 그다지 공포에 떨거나 하는 마음은 없었다. 조금 전처럼 광범위한 파괴력을 지닌 마법은 정말로 대단한 위력을 가지고 있지만 정작 무혼에게는 별다른 피해를 주기 힘들기 때문이다.

바보처럼 멀뚱히 서서 그런 화염석을 맞고 있을 만큼 둔한 무혼인가?

정지되어 있는 대상이나 대규모 살상이 필요한 일 대 다수의 전투에서는 매우 쓸모 있는 마법이겠지만, 만일 무혼과 일 대 일 승부를 벌이는 상황에서 저와 같은 마법을 펼쳤다가는 그 전에 푸르카의 목이 잘려 나가고 말 것이다.

물론 무혼은 그러한 내색을 하지 않고 짐짓 경탄하는 표정을 지으며 말했다.

"대단하군. 비로소 당신이 왜 드래곤 로드인지 알게 되는 순간이었소."

"흐흐! 추후에 혹시라도 내 뒤통수를 칠 생각이라면 지금의 장면을 한 번 떠올리며 다시 생각해 보게. 아마 그런 생각은 쏙 들어가게 되겠지. 특히 자네의 보금자리인 트레네 숲을 지키고 싶다면 말이야."

순간 무혼의 안색이 굳어졌다.

무혼에게는 통하지 않겠지만, 만일 트레네 숲에 조금 전의 마법이 작렬한다면 그야말로 숲은 초토화되고 말 것이다. 엘리나이젤이 펼친 보호 결계로도 드래곤 로드의 광역 마법을 막아 내기란 쉽지 않을 테니까.

무혼은 인상을 찌푸린 채 푸르카를 노려봤다.

"그렇다면 나 역시 작은 경고를 하나 남겨 둬야겠군."

무혼은 본래 별다른 비기를 펼칠 생각이 없었지만, 푸르카가 트레네 숲을 파괴할 수도 있다는 식으로 경고를 하자, 문득 후일을 생각해서라도 푸르카에게 그 못지않은 경고를 남길 생각이었다.

'전마폭이면 충분할까? 아니야. 공포심을 떠올리게 하는 데는 차라리 그게 낫겠군.'

검에 내기를 주입해 폭발시키는 전마폭의 위력을 목격한다면 푸르카의 가슴은 서늘해질 것이다. 그러나 무혼은 그보다 비록 위력은 약해도 몇 배는 더 끔찍한 공포심을 줄 수 있는 주술을 떠올렸다.

네르옹의 저주가 담긴 주술.

정말로 웬만해서는 절대 펼치지 않겠다고 생각했던 그 꺼림칙한 주술을 이토록 빨리 펼치게 될 줄은 몰랐다. 푸르카가 트레네 숲을 들먹이며 협박을 하지만 않았더라면 무혼이 이 주술을 펼치는 일은 없었을 텐데 말이다.

슥.

무혼은 비장한 표정을 짓더니 곧바로 아공간에서 큼직한 항아리 하나를 꺼냈다.

'웬 항아리?'

무혼이 꺼내든 항아리를 보고 황당한 표정을 짓는 것은 푸르카뿐이 아니었다. 아그노스와 포르티, 그리고 멀찍이서 그들을 지켜보고 있는 켈사이크를 비롯한 다른 드래곤들도 마찬가지였다.

"그 항아리로 뭘 하겠다는 건가?"

"두고 보면 알게 될 거요."

그 말과 함께 무혼은 항아리의 봉인을 풀었다. 곧바로 말로 형언할 수 없는 기이한 향기(?)가 항아리로부터 사방으로 퍼져 나갔다.

그 냄새를 맡은 푸르카가 인상을 확 썼다.

"이게 뭐냐?"

아그노스와 포르티 역시 콧속으로 밀려드는 가공할 충격에 몸을 떨었다. 코는 물론 뇌까지 마비되는 듯했다.

"우으윽! 이건 대체!"

"아악! 이 무슨 끔찍한 냄새야?"

어느새 푸르카를 포함한 모든 드래곤들이 무혼으로부터 멀리 이동해 있었다.

드래곤들 역시 네르옹이 만들어 놓은 그것들의 냄새는 버티기 힘든 모양이었다.

물론 그들과 달리 무혼은 미리 주술을 펼쳐 대비한 상태였다. 그래서 느긋한 표정으로 항아리 안에서 거무튀튀한 빛에 휩싸여 있는 덩어리 두 개를 들어 올렸다.

추욱!

물론 내공을 활용한 능공섭물을 시전해 들어 올린 것이지, 무혼이 그것들을 손으로 만진다하거나 하는 일은 없었다.

'처음 펼쳐 보는 것이다 보니 왠지 긴장되는군.'

무혼은 문득 고개를 들려 푸르카를 노려봤다. 이글거리는 무혼의 눈빛을 본 순간 푸르카는 움찔하더니 잡아먹을 듯 사나운 눈초리로 무혼을 쏘아봤다.

"지금 그것들을 내게 던질 생각인가 보군. 뒷감당을 할 자신이 있다면 어디 해 보아라."

"나는 결코 불가침의 맹약을 깨고 싶은 생각은 없으니 염려 마시오."

무혼은 의미심장하게 웃고는 고개를 돌려 전면의 큼직한 바위를 겨냥해 주술을 펼쳤다.

'블레스팅 엑스크러먼트!'

순간 허공에 떠 있던 거무튀튀한 두 개의 덩어리가 그 자리에서 사라져 버렸다. 동시에 엄청난 폭음과 함께 무혼이 목표했던 바위가 폭발하는 것이었다.

콰아아아앙!

시커먼 버섯 형상의 구름이 하늘 위로 피어오르고 사방이 뒤흔들릴 정도의 가공할 폭음이 일어나는 것은 사실 그리 대단한 일은 아니었다. 그런 쪽으로는 아까 푸르카가 펼친 브림스톤 익스플로전이 무려 수십 배는 더 강력했으니 말이다.

그러나 허공에 떠 있던 두 개의 거무튀튀한 덩어리들이 순간 이동을 하듯 목표물로 번쩍 돌진한 것은 드래곤 로드인 푸르카가 보기에도 상당히 놀라운 것이었다.

"흠, 위력은 별로지만 방어하기에는 제법 까다로운 공격이로군. 그렇다 해도 고작 그것을 맹약의 증거로 삼기는 매우 부족해. 설마 그게 자네가 펼칠 수 있는 최고의 주술인가?"

"그럴 리가 있겠소? 이건 내게 있어 그저 잡술에 불과할 뿐이오. 하지만 단순한 잡술이 아니니 맹약의 증거로는 충분할 것이오."

무혼의 신형은 그사이 바위가 폭발한 근처로 이동해 있었다. 그리고 그곳에서 검은빛에 휩싸인 채 허공에 둥둥 떠 있는 일단의 가루들을 발견했다.

본래라면 폭발의 여파로 멀리 날려가 흩어져 버려야겠지만, 주술이 형성한 검은빛들이 그것들을 움켜쥐고 있었다.

'저주의 향신료는 미량만 얻을 수 있다고 하더니 정말이었군.'

무혼은 아공간에서 꺼낸 작은 항아리에 그 가루를 담았다. 그리고 그중 일부를 근처에 보이는 큼직한 바위를 향해 뿌리며 주술을 펼쳤다.

'커스 인 엑스크러먼트!'

그러자 저주의 향신료 가루들이 바위를 향해 달라붙더니 안으로 스며들었다.

<u>스스스.</u>

그 순간 놀랍게도 회색이었던 바위의 빛깔이 누르스름하게 바뀌는 것이 아닌가? 동시에 바위로부터 도무지 말로는 형언이 불가능한 끔직한 냄새가 풍겨 나오는 것이었다.

그 냄새가 얼마나 지독한지 멀리 상공에 떠 있는 드래곤들에게도 여파가 미칠 정도였다.

푸르카 등은 인상을 확 쓴 채로 무혼을 노려봤다.

"으득! 보자 보자 하니 지금 장난하는 것인가?"

"장난이 아니라 이것이 바로 맹약의 증거요. 만일 당신들이 나의 뒤통수를 친다면 몸에 이걸 발라 줄 생각이니까. 우습게 보일지 모르지만 이 저주는 한번 걸리면 사실상 끝장이라서 말이오."

그러자 푸르카의 표정이 기괴하게 변했다. 만일 무혼의 말대로 자신이 저 기분 나쁘도록 누르스름하게 변한 바위와 같은 신세가 된다면 정말로 끔직하기 짝이 없을 것이다.

"그렇다면 과연 얼마나 대단한 저주인지 볼까?"

푸르카는 즉시 얼티메이트 리무브 커스라는 저주 해제 마법을 펼쳤다.

보통 리무브 커스는 어지간한 수준에 이른 마법사라면 누구나 펼칠 수 있는 것으로, 그 위력은 마법사들의 수준에 따라 천차만별이었다.

특히 그중 궁극의 마법에 해당하는 얼티메이트 리무브 커스는 웬만한 저주라면 단번에 흔적도 없이 날려 버릴 위력이 있었다.

스스스.

과연 드래곤 로드라 할 만했다. 무혼의 저주로 인해 누르스름하게 변한 바위가 금세 정상으로 돌아왔던 것이다. 모두가 치를 떨었던 가공할 악취 역시 흔적도 없이 사라져 버렸다.

"어떤가? 이래도 그따위 하찮은 저주 주술을 맹약의 증거로 남길 생각인가?"

"바위에 남긴 저주는 별다른 위력이 없었소. 그러나 만일 당신들의 몸에 이 저주가 걸린다면 절대 풀 수 없을 것이오."

그러자 푸크카가 무혼을 비웃으며 말했다.

"자네는 우리 드래곤들에게 그런 조잡한 저주가 통할 거라 생각하나 보군."

"아직 기회가 없어 시험해 보지는 못했지만 이 저주는

드래곤이건 마족이건 가리지 않으니 만만히 보지 마시오."

그러자 옆에서 듣고 있던 켈사이크가 무혼에게 호통을 날렸다.

"인간! 어디서 그따위 되도 않는 잡술로 허풍을 떠는가?"

"허풍인지 아닌지 그러면 한번 시험해 보겠소? 물론 그럴 만한 용기는 없겠지만 말이야."

켈사이크는 가소롭다는 듯 웃었다.

"크하하하하! 좋다. 어디 내게 한번 펼쳐 보거라. 네 잡술이 얼마나 쓸모없는지 내가 직접 확인해 주마."

"미리 경고하지만 나도 이 저주를 푸는 방법은 모르오. 나중에 아무리 후회해 봤자 소용없다는 말이지."

"걱정 말고 얼마든지 펼쳐 보거라."

자신만만한 표정의 켈사이크를 보며 무혼은 씁쓸히 웃었다.

'일벌백계라 했다. 저 오만한 드래곤들에게 제대로 된 경각심을 주려면 어쩔 수 없지.'

무혼은 조금 전 바위를 향해 주술을 펼칠 때는 극히 미량의 진원마기를 끌어 올렸을 뿐이다. 그렇지 않았다면 아무리 드래곤 로드 푸르카라 해도 그리 쉽게 저주를 해제할 수는 없었을 것이다.

그런데 만일 무혼이 작정하고 진원마기를 대거 주입해

커스 인 엑스크러먼트의 저주를 펼치면 어떤 일이 벌어질까?

그러고 보면 켈사이크는 잘못 걸려도 제대로 잘못 걸린 것이다. 그러나 그는 아직도 자신에게 다가올 끔찍한 운명에 대해서는 상상도 못 하고 있는 듯했다.

츠츳.

무혼은 상단전의 진원마기를 대거 끌어 올렸다. 그 양은 조금 전 바위를 향해 주술을 펼칠 때에 비해 가히 백 배 이상이었다.

'커스 인 엑스크러먼트!'

곧바로 무혼의 손에 있던 저주의 향신료 가루가 사룡 켈사이크의 몸을 휘감았다. 시커먼 빛이 날아와 자신의 몸을 타래치듯 휘돌고 있었지만, 켈사이크는 여유로운 미소를 잃지 않았다.

그는 자신이 언제든 이 조잡한 저주를 풀 수 있을 것이라 확신했다. 아니, 저주 따위는 가볍게 튕겨 버릴 수 있으리라 여겼다.

물론 그것은 온전한 그의 착각일 뿐이었다.

무혼이 펼친 주술은 고대 라따족의 대요리사 네르옹의 필생 원한이 담긴 주술인 것이다. 최상급 마족들이라 해도 막아 낼 수 없다고 했는데 드래곤이라 한들 별수 있겠는가?

어느새 켈사이크의 멋졌던 구릿빛 피부는 누르스름한 변을 연상케 하는 이상한 색으로 변해 버렸다. 또한 그로부터 상상을 초월한 악취가 흘러나오기 시작했다.

그러자 푸르카가 인상을 확 찌푸리며 외쳤다.

"뭣 하느냐, 켈사이크! 어서 그 추잡스런 저주를 풀어 버려라."

"예, 로드."

켈사이크는 아직 여유로운 표정이었다. 그는 고개를 끄덕이고는 저주 해제 마법을 펼쳤다.

'얼티메이트 리무브 커스!'

그러나 그의 예상과는 달리 그의 몸에 생긴 저주는 꿈쩍도 하지 않았다. 얼티메이트 리무브 커스의 강도를 점점 더 올려다보았지만 소용없었다.

심지어 그가 체내의 모든 마나를 끌어 올려 마법을 펼쳐도 마찬가지였다.

'이, 이럴 수가! 이런 말도 안 되는!'

그러자 푸르카가 혈압이 올랐는지 버럭 호통을 날렸다.

"바보 같은 녀석! 그따위 하찮은 저주 하나도 풀지 못하면서 네가 무슨 드래곤이라는 말이냐?"

"그게 이상합니다, 로드. 저주 해제 마법이 도무지 통하지 않으니……."

"그럴 리가 없다. 얼티메이트 리무브 커스!"

급기야 드래곤 로드 푸르카가 펼친 강력한 저주 해제 마법이 켈사이크의 몸을 휘감았다.

스스.

순간 켈사이크의 피부 중 일부가 본래의 색으로 돌아오기 시작했다.

'후후, 그러면 그렇지.'

푸르카는 득의만만한 표정을 지었고 켈사이크는 안도의 한숨을 내쉬었다.

'크으! 다행이다. 하마터면 큰일 날 뻔했군.'

켈사이크는 겉으로는 애써 태연한 척하고 있었지만 실은 극도로 당황하고 있던 터였다. 자칫 저주가 풀리지 않으면 그야말로 끔찍하기 그지없는 삶을 살아야 할 뻔했던 것이다.

그런데 그 순간 다시 믿기지 않은 일이 벌어졌다. 본래의 색으로 복원되어 가던 켈사이크의 피부가 다시금 누르스름하게 변하더니 조금 전보다 더욱 심한 악취를 뿜어내는 것이 아닌가?

"이, 이게 웬?"

켈사이크의 표정은 당황하다 못해 울상으로 변하고 말았다.

푸르카는 인상을 찡그린 채 연거푸 저주 해제 마법을 펼쳤지만, 상황은 달라지지 않았다. 켈사이크의 저주가 풀리는 듯하다 금세 다시 원상태로 복원되는 과정이 반복되니 푸르카로서도 미칠 지경이었다.

"도저히 안 풀리는군. 이를 어쩐다?"

"제…… 제발 저주를 풀어 주십시오, 로드."

"기다려 봐라. 얼티메이트 리무브 커스! 그레이트 안티 매직! 얼티메이트 디스펠 매직……!"

저주 해제와 관련된 여러 가지 마법을 다 펼쳐 봤지만 소용없었다.

그러다 결국 푸르카는 켈사이크의 몸으로부터 풍기는 악취에 머리가 지끈거리는지 인상을 썼다.

'제길! 그나저나 이 녀석의 옆에 있다가 내 몸에도 냄새가 배는 건 아닌지 모르겠군.'

물론 마법으로 웬만한 독한 냄새 따위를 흔적도 없이 없애는 건 드래곤 로드인 그에게 어려운 일이 아니었다.

그러나 지금 켈사이크에게서 풍기는 냄새는 보통의 냄새가 아니다. 궁극의 저주 해제 마법도 통하지 않는 끔찍한 냄새인 것이다.

그런 냄새가 자칫 옮겨 붙기라도 한다면?

그러다 보니 이미 다른 드래곤들은 까마득히 먼 곳으로 떨어져 불안한 표정으로 켈사이크를 쳐다보고 있었다.

푸르카 역시 슬쩍 그 드래곤들의 행렬에 합류했다.

눈치 빠른 켈사이크가 그런 상황을 어찌 모르겠는가?

그렇다고 그들을 탓할 수는 없었다. 모든 게 자신의 몸에 생겨난 끔찍한 저주 때문이니 말이다.

"크아아아악! 뭐 이런 빌어먹을 저주가!"

켈사이크는 결국 무혼을 찢어 죽일 듯 노려보며 외쳤다.

"네 이놈! 당장 이 저주를 풀지 못하겠느냐?"

"분명히 내가 경고했을 텐데. 저주를 푸는 방법은 나도 모른다고 말이야."

무혼은 물론 저주를 푸는 방법을 알고 있지만 지금 상황에서 켈사이크의 저주를 풀어 주고 싶은 생각은 없었다.

그러자 켈사이크의 부릅뜬 두 눈에서 붉은 흉광이 번뜩였다.

"닥쳐라! 지금 당장 이 저주를 풀어라. 그렇지 않으면 네놈을 산 채로 씹어 먹을 것이다. 그뿐인 줄 아느냐? 트레네 숲을 비롯해 네놈과 관계된 모든 것들을 모조리 쓸어버릴 것이다."

무혼이 싸늘히 웃으며 대답했다.

"그 말은 곧 불가침의 맹약을 깨겠다는 것으로 받아들여도 되는 건가?"

그러자 켈사이크는 흠칫 놀란 표정을 지었다. 그는 고개를 돌려 푸르카를 쳐다봤다. 푸르카는 인상을 찌푸린 채 고개를 흔들었다.

"켈사이크! 경거망동하지 마라. 만일 맹약을 어기면 너는 내 손에 죽는다."

"로드, 하지만……."

"주술의 저주를 푸는 방법은 어떻게든 찾을 수 있을 것
이다. 일단은 돌아가도록 하자."

그 말과 함께 푸르카는 무혼을 못마땅한 눈초리로 노려
봤다.

"다른 것도 많을 텐데 왜 하필 저런 지저분하고 끔찍한
주술을 택한 건가?"

"나라고 이런 끔찍한 저주를 펼치고 싶었겠소? 그만큼
심각한 경고의 의미로 받아들여 주시오. 드래곤들이 만일
맹약을 어기고 나의 뒤통수를 치게 되면 나는 이 가루를
대량으로 만들어 드래곤 산맥에 살포해 버릴 테니까."

실제로 그렇게 하면 어떤 일이 벌어질까?

무혼도 모른다. 또한 당연히 무혼은 실제로 그런 일을
벌일 생각은 전혀 없었다. 그저 겁을 주기 위해 짐짓 해 본
말이었다.

그러나 그러한 엄포는 제법 효과가 있었다.

무혼이 저주의 향신료 가루를 허공으로 슥 들어 올리며
비릿하게 웃자 푸르카를 비롯한 드래곤들이 질색을 하며
다시 뒤로 물러났다.

드래곤들은 무혼이 실수로라도 그 저주받은 가루를 자
신들에게 날릴까봐 불안한 모양이었다.

푸르카가 무혼을 사납게 노려보며 말했다.

"그 지랄맞은 가루가 단 한 알이라도 드래곤 산맥 쪽으로 날아오는 날에는 그 즉시 맹약을 파기한 것으로 간주하겠다."

"당신들이 내 뒤통수를 치지 않는 한 그럴 일은 없을 테니 걱정 마시오."

"으득! 어쨌든 우리 두 번 다시 상종하지 말자."

"나 역시 바라는 바요."

"모두 돌아간다."

"예, 로드."

곧바로 푸르카의 발밑에 짙푸른 마법진이 생겨났다. 푸르카를 필두로 상공에 있던 드래곤들이 그 마법진 속으로 차례차례 사라졌다.

Chapter 9
열 가지 희귀한 물건

　푸르카 등이 사라진 후 무혼은 멀리 상공 높은 곳에서 불안한 표정으로 자신을 쳐다보고 있는 아그노스와 포르티를 발견했다.

　"너희들에게 이걸 뿌릴 일은 없으니 안심하고 내려와라."

　무혼은 저주의 향신료 가루가 들어 있는 항아리를 아공간으로 이동시키며 말했다.

　무혼의 손에서 그것이 사라지자 비로소 안심했는지 아그노스와 포르티가 아래로 내려왔다.

　"무혼, 대체 그게 무슨 주술이었어? 나도 웬만한 주술은 다 꿰고 있는데 도통 네가 펼친 주술은 생소하구나."

"커스 인 엑스크러먼트. 고대 라따족의 대요리사 네르옹의 피맺힌 원한이 깃든 주술이지."

"원한이 있는 주술이 강력하다고는 알고 있지만 그건 너무 끔찍해. 대체 무슨 원한이 그리 컸을까?"

"그럴 만한 이유가 충분히 있어. 당시 마족들에게 라따족이 전멸했거든. 운 좋게 그 하나만 살아남았지."

무혼은 고대의 영마대전과 라따족의 멸망, 그리고 대요리사 네르옹에 대한 이야기를 간략하게 해 주었다. 또한 드래곤들이 그 상황을 방치했던 것도.

그러자 아그노스와 포르티는 탄식했다.

"무혼, 그에 대해서는 정말로 할 말이 없구나. 굳이 변명을 하자면 아마 당시의 드래곤들도 로드의 지시를 따라야 해서 어쩔 수 없었을 거야."

"아그노스의 말대로다. 사실 우리 드래곤들이 대단해 보여도 로드의 노예나 다름없는 신세거든."

그 말에 무혼은 씩 웃으며 말했다.

"나는 그 일로 너희에게 뭐라고 하고 싶은 생각은 없다. 중요한 건 이제부터야. 너희들은 나의 친구이며 동시에 그 누구의 구속도 받지 않는 자유 드래곤이니, 부디 소신껏 살아가기를 바란다."

그러자 아그노스가 크게 환호하며 웃었다.

"그렇지. 맞아. 그러고 보니 나는 이제 자유 드래곤이 되었지? 호호! 설마 이런 날이 오게 될 줄은 상상도 못 했어. 이젠 뭐든 내가 하고 싶은 대로 해도 되는 거잖아."

"크하하하! 맞다. 더 이상 우리는 로드의 눈치를 보며 그의 지시를 따르지 않아도 되는 것이다. 모두가 네 덕분이다. 정말 고맙다, 무혼!"

그들은 조금 전 침울했던 표정에서 순식간에 환한 표정으로 바뀌어 있었다.

"호호! 그럼 이제 신나는 모험을 떠나 볼까?"

"아그노스! 지금은 모험보다는 우선 마족 놈들부터 손봐주는 게 순서 아니겠느냐? 그동안 그 버러지 같은 놈들을 그냥 지켜보느라 복장이 터져 죽는 줄 알았다."

"좋아. 포르티, 네 말대로 일단 마족들부터 쓸어버리는 게 좋겠어. 무혼, 네 의견은 어때?"

한없이 들떠 있는 그들을 보며 무혼은 씩 웃었다.

"마족이야 당연히 쓸어버릴 생각이다. 하지만 그 전에 차원의 보주를 어떻게 얻을 수 있는지부터 알려 줘야지."

"아, 그렇지. 미안. 자유 드래곤이 된 것이 너무 기뻐서 잠시 깜빡했지 뭐야."

아그노스는 머리를 긁적였다. 포르티가 아그노스를 노려봤다.

"쯧! 깜빡할 게 따로 있지. 어서 무혼에게 그 차원의 보주를 만드는 방법을 알려 주지 않고 뭐 하느냐, 아그노스."

"잠깐만. 그걸 내가 기억하고 있을 리가 없잖아. 실은 천 년 전 필리우스가 나중에 혹시 차원의 보주를 만들게 될지 모르니 적어 두라고 해서 일기에 적어 두었을 뿐이야. 아, 그게 어디 있더라? 아공간을 좀 찾아봐야겠네."

그녀만의 아공간에서 뭔가를 한참 동안 뒤적거리는 듯싶더니 아주 화려한 금빛의 책 한 권을 꺼냈다.

"우후후, 찾았다. 바로 이거야. 천 년 전에 썼던 나의 일기. 여기에 차원의 보주를 만드는 방법이 적혀 있어."

"그래? 어디 이리 줘 봐라."

무혼이 반색하며 손을 내밀자 아그노스는 눈을 가늘게 뜨고 무혼을 슥 노려봤다.

"이봐? 이건 내 일기라고. 남에게 보여 줄 수 없는 글들이 수없이 많은데, 설마 그걸 읽고 싶은 거야?"

"아니. 그게 아니고."

"아니긴 뭐가 아니야? 무혼, 너 혹시 남의 비밀을 엿보는 취미가 있는 건 아니겠지?"

무혼은 실소를 지었다.

아그노스는 의외로 귀여운 구석이 있었다. 정말 천 년도 넘게 산 드래곤이 맞는 건가?

"하하! 내가 그럴 리가 있겠느냐? 그럼 그 부분만 네가 읽어 주는 게 어때?"

그러자 아그노스는 빙긋 웃더니 일기를 펼쳤다.

"좋아. 그게 좋겠어. 흠, 어디 볼까? 내가 워낙 중구난 방으로 적어 놔서 찾기 힘드네…… 아, 찾았다. 잘 들어. 일단 차원의 보주를 만들려면 도합 열 가지의 아주 희귀한 물건들이 필요해."

그러자 포르티가 입을 쩍 벌렸다.

"열 가지씩이나? 젠장! 뭐가 그리 많아? 게다가 희귀한 물건이라면 찾기도 만만치 않을 텐데."

무혼 역시 놀랐지만 어느 정도 짐작은 하고 있었다. 차 원의 보주를 만드는 게 쉬운 작업이었다면 드래곤 로드 푸 르카가 그런 식으로 의미심장한 미소를 지었을 리는 없었 을 터였다.

"혹시 그 열 가지 물건들이 뭔지도 적어 놨느냐?"

무혼이 묻자 아그노스는 당연하다는 듯 고개를 끄덕였 다.

"물론. 일단 가장 어려운 것들부터 얘기한다면, 정령의 숲에 있다는 물, 바람, 땅, 불의 정화를 각각 하나씩 얻어 야 해."

그러자 포르티가 인상을 구겼다.

"그것 골치 아프군. 정령의 숲은 정령 이외에는 누구도 들어갈 수 없는 곳이다. 나 역시 지난 세월 동안 몇 번이나

열 가지 희귀한 물건 203

시도해 봤지만 들어갈 수 없었지."

"그래서 그 네 가지 물건을 구하기가 가장 어렵다고 한 거야. 솔직히 그것들만 구하고 나면 나머지는 다소 번거롭긴 해도 모두 어렵지 않게 구할 수 있는 것들이거든."

포르티가 고개를 갸웃했다.

"그럼 그때 필리우스는 어떻게 그것들을 구했을까? 푸르카 님도 별 도움이 안 됐을 텐데."

"바보! 당시 필리우스의 애인이 불의 정령 사만다였던 걸 잊었어? 지금은 모르겠지만 그때만 해도 정령의 숲은 사만다가 꽉 잡고 있었으니까 필리우스가 네 가지 정화를 구하기 어렵지 않았을 거야."

"역시 애인은 잘 두고 봐야 하는 거군."

포르티는 어깨를 으쓱했다. 그러다 그는 문득 눈을 크게 뜨고 무혼을 쳐다봤다.

"참, 그러고 보니 무혼 너야말로 아주 간단하게 그 일을 할 수 있다. 트레네 숲에 있는 아르나와 엘리나이젤에게 그 일을 시키면 되지 않으냐? 그 녀석들은 네 말을 아주 잘 들을 것 같던데 말이야."

아그노스가 환호했다.

"호호! 그렇군. 그 둘이라면 사만다보다 더 훌륭하게 해낼 거야. 이거 일이 생각보다 쉽게 풀리겠는걸?"

그러나 무혼은 의미심장한 미소를 지으며 고개를 흔들

었다.

"사실 그보다 훨씬 더 간단한 방법이 있어."

"더 간단한 방법이라니. 그게 뭔데?"

"그건 조금 있다가 알려 주마. 어쨌든 가장 구하기 힘들다는 네 가지 물건은 의외로 쉽게 얻을지도 모르겠군. 일단 그것 말고 다른 물건들이 뭔지 얘기해 봐."

"좋아."

아그노스는 계속해서 나머지 여섯 가지의 희귀한 물건에 대해 말해 주었다.

"슬픔의 진주와 어둠의 뿔, 의지의 잎사귀, 용맹의 투혼, 현자의 눈물, 수호자의 피. 이렇게 여섯 가지야."

"특이한 이름들이군. 왠지 구하기 훨씬 어려워 보이는데?"

"후후, 생각보다 별거 아냐. 일단 슬픔의 진주는 북해의 머메이드들이 가지고 있고, 어둠의 뿔은 마족 중에서 머리에 뿔이 있는 녀석들을 죽이고 얻으면 돼. 아마 웬만한 마족 중에 뿔 없는 녀석들은 없을걸?"

"그건 그렇지."

슬픔의 진주는 모르겠지만, 마족들을 죽이고 얻는다는 어둠의 뿔은 무혼에게는 비교적 간단한 일이라 할 수 있었다.

"그리고 의지의 잎사귀는 정말 구하기 쉬워. 엘프의 수호 정령 엘리나이젤이 가지고 있거든."

"오! 그거 잘됐군."

"또한 용맹의 투혼은 오크들을 족치면 얻을 수 있다고 적혀 있어."

"오크들을 족쳐?"

"응. 분명 그렇게 적혀 있어. 내 생각엔 아마 오크들에게 내려오는 특별한 보물 같은 것이 있는 게 분명해. 아니면 어딘가 묻혀 있던가."

"뭔가 너무 애매하군. 넓은 오크 제국 어딘가에 묻혀 있는 보물을 찾기란 쉽지 않을 텐데."

무혼의 말에 아그노스는 자신 있는 미소를 지었다.

"우훗, 글쎄! 내가 볼 땐 아주 쉬워 보이는걸."

"흐흐! 그래, 무혼. 다른 건 몰라도 그런 일이라면 아주 쉬운 일이다. 오크 황제를 족치면 되지 않겠느냐?"

"그러고 보니 나도 오크 황제에게 볼일이 있긴 하지."

무혼은 그렇지 않아도 크돌로르 황제를 찾아가 담판을 벌일 일이 있던 차였는데 차라리 잘된 듯싶었다.

그때 아그노스가 다시 말했다.

"자, 계속 해서 현자의 눈물은…… 음, 그러고 보니 이건 조금 어렵겠네. 과연 인간들 중 요즘 현자가 존재할까? 현자가 없으면 골치 아픈데."

포르티가 대답했다.

"아마 있을 거다. 한 시대에 최소 한 명의 현자는 항상 존재했지 않으냐? 찾아보면 어딘가에는 분명 있어."

그러자 옆에서 듣고 있던 무혼이 빙그레 웃으며 말했다.

"걱정마라. 현자는 내가 잘 알고 있으니까."

"그래?"

"트레네 숲에 잘 모셔 두고 있으니 걱정 마. 아르나가 그녀를 잘 지키고 있지."

"오호! 설마 현자까지 챙겨 둔 거야?"

"챙겨 두긴. 그냥 그녀가 찾아온 것뿐이다."

"그게 그거지. 호호! 어쨌든 아주 쉽게 현자의 눈물을 구할 수 있겠어."

그러자 포르티도 환호하며 말했다.

"으흐흐! 그러고 보니 트레네 숲에 가면 두 가지 물건을 한 번에 구할 수 있겠군. 의지의 잎사귀와 현자의 눈물이 한곳에 있을 줄이야. 그런데 현자의 눈물이라고 하는 걸 보니, 설마 눈물을 얻어야 한다는 거냐?"

"글쎄. 잠깐만."

아그노스가 일기를 뒤적이며 말했다.

"여기 적혀 있어. 절대로 강제로 울게 만들어서는 안 되고 현자가 자연스럽게 눈물을 흘릴 때 잽싸게 그것을 받아야 한다는 거야. 단, 그 눈물은 오직 빛의 크리스탈로 만든 병에 받아야 한다고 적혀 있네."

포르티는 고개를 갸웃했다.

"빛의 크리스탈로 만든 병? 그게 뭐냐?"

"몰라. 그걸 안 적어 놨어."

그 말에 무혼도 한숨을 내쉬었다.

"의외로 까다롭군. 어쨌든 그건 그렇다 치고, 마지막에 필요한 수호자의 피는 뭐냐?"

그러자 아그노스가 은발을 쓸어 넘기며 웃었다.

"그거야말로 쉽다면 가장 쉽고 어렵다면 가장 어려운 물건이라 할 수 있어. 수호자는 바로 우리 드래곤을 의미하니까."

"그럼 설마 드래곤의 피가 필요한 거야?"

무혼이 놀라자 아그노스가 의미심장하게 웃으며 고개를 끄덕였다.

"후후, 걱정 마. 저기 듬직한 포르티가 친구인 너를 위해서라면 그 정도 피는 충분히 흘려 줄 테니까. 그렇지 않니, 포르티?"

순간 포르티가 움찔했다. 그는 아그노스를 노려봤다.

"피를 얼마나 흘려야 되는 건데? 한두 방울 정도면 되냐?"

"그 정도론 어림없어."

포르티의 인상이 일그러졌다.

"날 죽일 셈이냐? 드래곤도 피를 많이 흘리면 죽는다는 거 몰라? 말해 봐. 얼마나 필요한데?"

"세 방울."

"응?"

그러자 포르티가 공연히 놀랐다는 듯 피식 웃었다. 그는 이내 한 손을 불끈 들어 올리며 말했다.

"으하하하! 뭐 그 정도라면야. 친구를 위해서라면! 언제든지 내줄 수 있다. 무혼, 언제든지 내 피가 필요하면 말해라. 아, 물론 세 방울에 한해서지만 말이야."

"고맙다, 포르티."

"고맙긴. 날 자유 드래곤으로 만들어줬는데 그 정도 도움은 줘야지."

포르티는 씩씩하게 웃었다. 그러자 아그노스가 일기책을 닫으며 포르티를 노려봤다.

"흥! 쫀쫀하긴. 고작 피 세 방울로 생색은. 아무튼 여기까지야, 무혼. 이제 물건들을 찾으러 가면 돼."

"그럼 우선 이곳 정령의 숲에 있는 물건들부터 챙긴 후에 다른 걸 찾기로 하자."

그러자 아그노스와 포르티는 궁금해 죽겠다는 표정을 지었다.

"아까도 말했지만 정령의 숲은 우리가 들어갈 수 있는 곳이 아니야. 차라리 내말대로 아르나나 엘리나이젤을 부르는 게 나을걸."

"맞아. 아니면 혹시 어디 근처에 아는 정령이라도 있냐?"

무혼은 씩 웃었다.

"아니. 내가 직접 들어갈 거야."

"어떻게?"

"무슨 수로 저길 들어간다는 거냐, 무혼?"

"내 몸을 정령체로 변신시켜 정령의 숲을 통과할 수 있는 방법을 알고 있거든. 그 또한 네르옹의 주술 중 하나다."

순간 아그노스와 포르티의 두 눈이 커졌다.

"그게 정말이야?"

"그럼 혹시 우리도 가능해?"

무혼은 고개를 끄덕였다.

"물론 가능하지. 문제는 정령석이야. 그걸 만들려면 정령석이 필요하거든. 나는 몰라도 너희들 것까지 만들고 나면 실피가 펑펑 울지도 모르겠군."

"실피?"

"중급 정령 부하야. 지금은 미리 정령의 숲에 들어가 있다. 너무 약해 빠져서 정령석을 먹이고 있는 중이지."

그러자 아그노스가 빙그레 웃더니 그녀의 아공간에서 정령석을 수북하게 꺼내 무혼에게 내밀었다.

"정령석이 문제였어? 이 정도면 돼?"

놀랍게도 무려 수백 개는 되는 분량이었다.

"여기도 있다, 무혼."

포르티 역시 아공간에서 그와 비슷한 분량의 정령석을 꺼내 무혼에게 내미는 것이었다. 무혼은 그것들을 받아 아공간으로 챙겨 넣으며 물었다.

"고맙긴 한데 드래곤들이 웬 정령석을 이리 많이 가지고 있느냐?"

"드래곤 산맥에도 정령석이 제법 생겨나거든. 그런데 정령들이 드래곤들을 두려워해 얼씬도 안 하다 보니 이것들이 막 굴러다니지 뭐야. 장난삼아 잔뜩 챙겨 두긴 했지만 그다지 쓸 일은 없었거든."

아그노스는 또다시 수백 개의 정령석을 꺼내 내밀었다. 그러자 포르티도 질 수 없다는 듯 수백 개의 정령석을 꺼냈다.

"얼마든지 받아라, 무혼."

무혼은 그것들도 받아 아공간으로 이동시켰다. 이로써 무혼은 무려 천수백여 개의 정령석을 챙긴 것이었다.

'정령석이 남아돌게 생겼군. 너무 많이 받은 것 아닌지 몰라.'

사실 세 개면 되는데, 아니, 엄밀히 말하면 무혼의 것을 제외하고 두 개만 받으면 되는 거였다. 하지만 친구들의 호의를 사양하는 것도 도리가 아니리라.

그런데 포르티와 아그노스는 또다시 정령석을 꺼내려 하고 있었다.

"부족하면 얘기해라. 아직 그만한 분량은 더 남아 있으니까."

"맞아. 나도 더 있어, 무혼."

대체 왜 정령석을 더 못 줘서 안달인가? 확실히 드래곤이라 통들이 큰 모양이었다.

무혼은 쓴웃음을 지으며 손을 흔들었다.

"됐다. 이젠 충분해."

곧바로 무혼은 네르옹의 주술을 떠올리며 정령석에 진원마기를 주입하는 작업에 돌입했다. 하나가 아닌 세 개의 정령석에 작업을 해야 하니 시간이 꽤 소요될 것이다.

어느덧 새벽이 다가오고 있었다.

한편 텔레포트 마법진을 타고 드래곤 산맥으로 돌아온 드래곤들은 모두 심각한 고민에 빠져 있었다. 물론 그 고민의 대상은 바로 사룡 켈사이크였다.

심지어 드래곤 로드 푸르카가 각종 마도구들을 활용해 마법을 펼쳐 보았지만 켈사이크의 저주는 풀리지 않았다.

켈사이크는 더 이상 분을 낼 기운도 없이 기진맥진해 있었다.

푸르카는 그런 켈사이크를 쳐다보며 이내 차갑게 표정

을 굳혔다.

'으! 지독한 냄새 같으니. 저 녀석을 이대로 놔두다간 나도 제명에 못 살겠군.'

게다가 누르스름한 변을 연상케 하는 켈사이크의 피부로 인해 푸르카는 점점 더 그가 꼴 보기 싫어졌다. 푸르카는 켈사이크를 향해 외쳤다.

"어쩔 수 없다. 너는 이제 너의 레어로 들어가 처박혀 있도록 해라. 허락 없이 나왔다간 용서하지 않겠다."

"로드! 너무하십니다. 이 저주는 어찌하란 말입니까?"

켈사이크가 울상을 짓자 푸르카는 인상을 찌푸렸다.

"그러게 왜 그런 경솔한 짓을 했던 거냐? 누구도 너보고 그 주술을 시험해 보라 강요는 안 했는데 말이야. 네가 쓸데없이 호기를 부리다 그리된 것이니 어찌 보면 네가 자초한 것이라 할 수 있어."

"크으으! 정말로 이 저주를 풀 방법은 없는 것입니까?"

"차라리 몇 백 년쯤 푹 자는 건 어떠냐? 그러다 보면 저주가 풀릴지도 모르지."

"이토록 지독한 냄새가 나는데 어찌 잠이 오겠습니까?"

"닥쳐라! 그거야 내가 알 바 아니야. 어쨌든 허락 없이 나왔다가는 용서하지 않겠다. 꾸물대지 말고 지금 당장 네 녀석의 레어로 들어가지 못하겠느냐?"

켈사이크는 풀이 죽어 그의 레어로 돌아갔다. 푸르카는

곧바로 켈사이크의 레어에 각종 봉인 마법을 펼쳤다.

이로써 켈사이크는 푸르카가 봉인을 풀어 줄 때까지 꼼짝없이 자신의 레어에 갇히는 신세가 되고 말았다. 어쩌면 그는 영원히 자신의 레어에 갇혀 있다 죽음을 맞이할지도 모른다.

그러나 푸르카는 냉정했다. 그는 켈사이크로부터 풍기는 악취에서 해방되자 비로소 안도했다.

'휴! 이제야 좀 살겠군.'

그것은 다른 드래곤들도 마찬가지인 듯 모두들 환호하는 표정이었다.

그런데 그때 루디스가 다급히 달려와 말했다.

"로드! 흑마법사 라사라가 마법 교신을 요청해 왔습니다."

그러자 푸르카의 인상이 일그러졌다.

"제길! 라사라가 벌써 오늘 일을 눈치챈 건가? 아니야. 그렇게 빨리 알 리는 없지."

본래 그는 무혼을 죽이거나 혹은 사로잡아 라사라에게 보내 주기로 약속했는데, 무혼과 불가침의 맹약을 체결한 이상 그것이 불가능하게 되었다.

그는 라사라에게 그에 대해 어떻게 설명해야 할지 골치가 아팠다.

'어쩔 수 없어. 그냥 뻔뻔하게 나가는 수밖에!'

푸르카는 수정구를 향해 걸어가며 손을 흔들었다.

순간 수정구에 빛이 들어오며 은발에 창백한 피부를 가진 여인의 얼굴이 나타났다. 다름 아닌 흑마법사 라사라였다.

"푸르카! 그놈은 어떻게 되었느냐?"

"마침 잘됐군. 그렇지 않아도 그 얘기를 하려고 했지. 앞으로 우리 드래곤들은 그놈과 관계된 일에는 일체 손을 뗄 생각이야."

그러자 라사라의 얼굴이 노기로 물들었다.

"푸르카! 그건 약속과 다르지 않으냐?"

"약속대로라면 놈을 죽여야겠지. 그러나 그건 놈이 드래곤이었을 때의 얘기야. 알아보니 놈은 드래곤이 아니라 인간이었다. 그렇다면 우리와는 상관없는 일이지. 애초에 나는 우리 드래곤들이 마족을 죽였다는 오해를 풀기 위해 나섰을 뿐이다."

푸르카가 천연덕스레 대꾸하자 라사라의 인상이 험상궂게 변했다.

"닥쳐라! 너는 분명 놈을 잡아 내게 보내 준다 했지 않으냐?"

"크큿! 그 인간 놈은 우리와 관계가 없으니 너희들이 알아서 죽이든 살리든 마음대로 해."

"흥! 나보고 그 말을 믿으라는 거야? 하찮은 인간이 마족을 죽였다는 게 말이 돼? 그놈은 너희 드래곤 중 하나가 틀림없어. 그런 식으로 발뺌하면 너희라 무사할 것 같으냐?"

"공연히 잔머리 굴리지 마라, 라사라. 네가 우리 드래곤들을 이용하려고 기를 쓴다만, 내가 그런 얕은 수작에 넘어갈 것 같으냐? 그리고 우리는 그 무혼이라는 놈과 불가침의 맹약을 체결했으니 더 이상 귀찮게 하지마라."

"뭐? 불가침의 맹약? 어떻게 그런 말도 안 되는 짓을?"

"크큿! 말이 안 되긴 뭐가 안 돼? 그 맹약은 너희들하고도 했는데 그놈하고도 못 할 건 또 뭐냐?"

"으! 정말 미쳤구나."

고작 인간 하나와 드래곤들이 불가침의 맹약을 맺었다니. 라사라는 불신이 가득한 표정을 지었다.

푸르카가 키득거리며 말했다.

"어쨌든 잘해 봐라. 기왕이면 나로서는 너희들이 그놈을 좀 죽여줬으면 하거든. 그놈은 정말 마음에 안 드는 녀석이라서 말이야."

"그러면 왜 놈을 죽이지 않았느냐? 그렇게 마음에 들지 않았다면 네가 그냥 죽여 버렸으면 됐잖아?"

"멍청한 질문을 하는군. 그렇게 쉽게 죽일 수 있으면 내가 미쳤다고 그놈과 불가침의 맹약을 맺었겠느냐? 너야말로 그놈에게 마족들이 몇 뒈졌는데도 아직 놈의 무서움을 모르고 있는 것 같군."

라사라가 코웃음 쳤다.

"흥! 드래곤 로드 푸르카도 이젠 갈 데까지 갔구나. 인간 하나가 두려워 맹약을 체결하고 말이야."

"닥쳐라. 더 이상 할 말 없으면 그만 꺼져 버려."

푸르카는 수정구의 빛을 꺼 버렸다. 마법 교신을 차단한 것이다.

흑탑의 라사라는 분이 나서 이를 박박 갈았다.

"으득! 망할 드래곤 녀석! 정말 영악하기 짝이 없구나. 성질 같아서는 당장이라도 리디아를 부르고 싶지만, 아직은 때가 아니니 참는다."

라사라는 드래곤들과 무혼이 불가침의 맹약을 맺었다는 뜻밖의 상황에 매우 당혹스러웠다.

그러나 이내 그녀는 그것이 꼭 나쁜 것만은 않은 상황임을 깨달았다.

"그 인간 놈이 우리에게 죽기를 바라는 것을 보면 드래곤들과 그놈의 사이는 매우 좋지 않은 게 분명해. 적어도 드래곤들이 그놈을 도와줄 리는 없겠군."

심지어 푸르카가 직접 입으로 드래곤들은 중립을 지키겠다고 말하지 않았던가? 드래곤들이 관여하지 않는다면 라사라로서는 무혼을 쉽게 해치울 수 있으리라 확신했다.

가장 쉬운 방법은 마족들을 대거 동원해 놈을 공격하는

것이겠지만, 다크 포탈을 위한 암흑 마나를 모으기 위해 마족들은 당분간 신상 마족의 임무를 수행해야 했다.

"아마스칼!"

잠시 후 그녀의 전면에 붉은색의 그림자가 짙게 드리워지더니 거대한 체구의 사내가 나타났다. 라사라가 그녀의 흑마법에 마족의 피까지 동원해서 만들어 낸 어새신 아마스칼이었다.

"그동안 놈에 대해 알아낸 것이 있느냐?"

"이상하게도 놈의 출신에 대해서는 알려진 바가 전혀 없습니다. 놈이 어느 지역에서 태어났는지, 심지어 국적이 무엇인지도 모릅니다. 그러다 보니 스승이나 부모는 물론이고 놈과 관련된 인물들을 찾기가 불가능한 상황입니다."

아마스칼은 인페르노의 조직원들을 동원해 무혼에 관한 모든 정보를 수집해 보았지만 소용이 없었다 했다. 라사라의 표정이 굳어졌다.

"그렇다면 현재로서는 놈을 협박할 만한 인질 대상이 전무하다는 것이냐?"

"그렇지는 않습니다. 놈에게는 한스라는 중급 용병이 부하로 있으며, 또한 고바 제국의 소드 마스터이자 근위 기사였던 알렌 백작과 기사 탈룬, 그리고 알렌의 딸인 루인 등이 트레네 숲에 있는 것으로 확인되었습니다."

그러자 라사라가 음침한 미소를 지었다.

"그렇다면 놈이 그곳에 없는 지금이 기회야. 가서 숲을 쓸어버리되 알렌과 그의 딸은 죽이지 말고 잡아와라."

"흐흐흐! 현명하신 생각입니다."

라사라는 고개를 끄덕이고는 마족 카수스를 불렀다.

"카수스!"

"저를 부르셨나요, 라사라 님?"

여섯 개의 팔을 가진 나신의 여성 오크가 나타났다. 마족 카수스였다.

"지금 즉시 아마스칼과 함께 트레네 숲으로 떠나라. 가서 그곳을 쓸어버려."

"명을 받들겠어요."

그렇지 않아도 하는 일이 없어 심심해 미칠 지경이었던 카수스는 자신에게 새로운 임무가 생기자 기분이 좋은 듯 음침한 미소를 연신 흘려댔다.

'쿠후후훗! 몰살이라? 재미있겠군.'

Chapter 10
정령의 숲

“드디어 완성이다. 자, 하나씩 받아라.”

무혼은 흑색의 빛이 번쩍이는 정령석들을 내밀었다. 아그노스와 포르티는 상기된 표정으로 그것을 받아 들었다.

“이걸 먹으면 우리가 정령이 되는 거야?”

“잠시 동안이지만 그렇다고 볼 수 있지.”

그러자 포르티가 문득 찜찜한 표정으로 물었다.

“혹시 그러다 다시 드래곤으로 못 돌아오는 것은 아니냐?”

“흠, 그럴 리는 없겠지만 혹시 또 모르지. 주술이라는 것이 꼭 예상대로 되는 건 아니니 말이야.”

무혼이 겁을 주자 아그노스와 포르티는 흠칫 놀라며 안색이 굳어졌다.

무혼은 씩 웃었다.

"겁이 나면 너희들은 이곳에서 기다리고 있어라. 공연히 나중에 날 원망하지 말고."

"하하하! 겁이 나긴 누가 난다고 그래? 까짓것 정령이 돼서 안 돌아오면 그냥 정령의 숲에 눌러앉아 살면 되는 거 아니냐?"

포르티가 크게 웃으며 정령석을 입에 쏙 집어넣었다. 그러다 인상을 살짝 찌푸렸다.

"윽! 보통 정령석은 꽤 달콤하던데 이건 무척 쓰잖아."

그런데 그 말이 끝나기 전 그의 몸은 붉은색의 활활 타오르는 듯한 거대한 정령의 형체로 변해 있었다. 포르티는 화룡인 만큼 불의 정령으로 변신한 것이었다.

아그노스가 탄성을 질렀다.

"정말 정령처럼 변했네? 그렇다면 나도."

아그노스도 즉시 정령석을 먹었다.

그러자 그녀는 투명한 푸른색의 눈부신 거대 물의 정령으로 변했다. 그리고 그 사이 무혼은 짙은 흑색의 그림자 형체로 변했다.

"오오! 멋진걸? 무혼 넌 그 희귀하다는 암흑의 정령이 된 거야?"

무혼은 끄덕였다.

"그냥 그렇게 보이는 거지 뭐. 그보다 정령들이 놀랄 수 있으니 기세를 좀 낮춰라."

무혼은 그저 중급 정령 정도의 기세를 보이고 있었지만, 아그노스와 포르티는 누가 봐도 딱 최상급 정령이라 확신할 만큼 가공할 기세를 뿜어내고 있었다.

"맞아. 무혼의 말대로 해. 중급 정령 정도가 딱 무난하겠어."

"흐흐! 좋아. 그거야 어려운 일은 아니지."

활활 타오르던 거대한 정령이 대폭 작아지더니 보통의 우람한 체격을 가진 불의 정령으로 변했다. 아그노스도 푸른 머리를 단정히 내려뜨린 늘씬한 몸매의 여인으로 작아졌다.

"어때, 무혼?"

"딱 좋군. 그럼 주술의 효력이 사라지기 전에 어서 결계를 통과하자."

곧바로 그들은 정령의 숲 결계의 통로가 있는 곳으로 바람처럼 날아 들어갔다.

결계의 통로도 회색빛 안개로 가득 차 있었다. 만일 실피가 아니었다면 무혼은 이곳이 결계의 통로라는 사실도 알지 못했을 것이다.

스스스.

회색빛 안개를 헤치며 잠깐을 이동했을까? 어느 순간 회색빛 안개가 눈앞에서 사라졌다.

문득 고개를 돌려 뒤를 살펴보니 멀리 회색빛 안개가 가득했다.

"결계를 통과한 건가? 이상하게 시간은 잠깐이지만 마치 아득한 공간을 통과해 온 기분이 드는군."

무혼의 말에 아그노스가 고개를 끄덕였다.

"나도 그런 느낌을 받았어. 마치 이로이다 대륙과 별개로 떨어져 있는 새로운 세계에 들어온 듯해."

"흐음, 이래서 내가 그토록 시도해도 여길 들어올 수 없던 거군. 정령체가 아니면 저 회색 안개로 휩싸인 특이한 공간을 통과할 수 없었던 거야."

포르티 역시 신기하다는 듯 눈을 빛내며 주변을 살피고 있었다.

"저길 봐. 문이 있는데?"

전면에 푸른빛이 나는 거대한 문이 보였다.

문 앞에는 우락부락한 인상을 지닌 정령들이 도열해 있었다.

"문지기 정령들이 분명해. 상급 정령 하나에 중급 정령이 스무 명도 넘어. 어지간한 정령들은 무서워서 저 문에 들어갈 엄두도 못하겠는걸."

아그노스의 말에 무혼이 고개를 끄덕였다.

"실피의 말대로라면 저길 지나가기 위해서는 시험을 통과해야 한다. 그 시험을 볼 자격은 중급 정령 정도부터라 했어."

"시험? 그거 재미있겠네."

아그노스와 포르티는 흥미롭다는 듯 미소 지었다.

그때 문 앞에 있던 정령 중 하나가 다가와 외쳤다. 구릿빛의 건장한 체격을 가진 사내였다.

"낯선 정령들이여! 나는 땅의 상급 정령 테낙스라고 한다. 낯선 그대들이 이곳 아름다운 정령의 땅에 온 것을 환영한다."

그러자 포르티가 흐뭇하게 웃으며 대답했다.

"흐흐! 환영해 줘서 고맙군. 듣자 하니 여긴 시험을 봐야 들어갈 수 있다던데 어떤 시험인지 말해 봐라."

그러자 테낙스의 눈썹이 꿈틀 움직였다. 자신이 상급 정령임을 밝혔는데도 태연하게 반말을 건네는 포르티의 태도가 영 마음에 들지 않았기 때문이다.

'뭐냐? 이놈 딱 봐도 중급 정령임이 분명한데 감히 내게 반말을 해?'

순간 테낙스의 언짢아하는 눈치를 파악한 아그노스가 재빨리 앞으로 나서며 말했다.

"헤헷! 테낙스 님! 이 녀석은 간혹 정신이 좀 나갈 때가 있으니 이해해 주세요."

"뭐? 내가 언제?"

포르티가 발끈했지만 아그노스가 힐끗 노려보자 이내 입을 다물었다.

곧바로 아그노스는 테낙스를 향해 허리를 숙이며 정중한 인사를 올렸다.

"물의 중급 정령 아그노스가 땅의 상급 정령 테낙스 님을 뵙게 되어 영광이에요. 이제 우리가 어떤 시험을 봐야 하는지 알려 주실 수 있나요?"

그러자 테낙스는 이내 기분이 좋아졌는지 인상을 풀었다.

"흠! 낯선 정령들이여! 아니, 이제는 신입 정령들이라 해야겠군. 정령의 땅에 더 이상 시험은 없다. 예전에는 그런 것이 존재했지만 위대한 영웅 카르카스 님이 저 문을 모든 정령들에게 개방시킨 지 오래이지."

시험이 사라졌다니. 그 말에 무혼도 놀랐다.

'시험이 사라진 지 꽤 됐다고? 실피는 그 사실을 몰랐나 보군.'

비로소 지하 미로에 잔뜩 보여야 할 하급 정령이나 중급 정령들의 모습이 전무했던 이유에 대해 무혼은 얼핏 짐작할 수 있었다.

정령이라면 누구나 정령의 숲에 들어갈 수 있게 개방이 된 상태라면, 굳이 결계의 틈을 찾으려 지하 미로를 헤맬 이유가 없으리라.

그때 테낙스가 하얗게 빛나는 돌을 세 개 꺼내 무혼과 아그노스 등에게 하나씩 나누어 주었다.

"자, 하나씩 받거라, 신입 정령들이여."

"이게 뭐죠?"

아그노스가 묻자 테낙스는 그 질문을 기다렸다는 듯 의미심장한 미소를 지으며 대답했다.

"크흐흐! 너희들은 당연히 처음 보았을 것이다. 그것은 카르의 돌이라고 하는 것으로, 카르카스 님이 신입 정령들에게 특별히 하나씩 선물하시는 것이니 부담 갖지 말고 먹어라. 비록 정령석보다는 못하지만 먹으면 특히 너희 같은 약한 녀석들에게는 매우 큰 도움이 되는 귀한 물건이니까."

순간 포르티의 표정이 일그러졌다. 그는 조금 전 테낙스가 '너희 같은 약한 녀석들'이라는 말을 한 것에 매우 기분이 불쾌해졌다. 드래곤인 그가 언제 이런 말을 들어 봤겠는가?

'저놈이 감히!'

성질 같아서는 당장 손을 봐주고 싶었지만 아그노스가 짐짓 눈치를 주고 있어 발작을 하지 않았을 뿐이었다.

'흠?'

그런데 카르의 돌을 건네받는 순간 무혼의 눈에 살짝 이채가 일었다. 미세하지만 마족들이 사용하는 마기의 기운이 그것으로부터 느껴지고 있었던 것이다.

그것은 워낙 미세한 것이라 진원마기를 가지고 있는 무혼이 아니라면 느끼기 힘든 것이었다.

'이거 뭔가 냄새가 나는군. 카르카스라는 정령이 뭔가 수상한데?'

무혼은 정령들의 영웅이라는 카르카스가 왠지 어떤 식으로든 마족들과 얽혀 있을 것 같은 확신이 들었다.

그때 테낙스가 다시 그것을 먹으라고 은근히 재촉하는 것이었다.

"뭣들 하느냐? 카르의 돌은 너희 같은 약한 녀석들에게는 매우 좋은 것이야. 주저 말고 먹도록 해라."

"그런데 이걸 지금 꼭 먹어야 하오?"

무혼이 불쑥 묻자 테낙스는 흠칫 하더니 이내 고개를 흔들었다.

"기왕이면 먹는 것을 추천하지만 강요하지 않는다. 그것이 바로 카르카스 님의 방침이니까. 내키지 않으면 두었다 천천히 먹어도 상관없고, 그것도 싫다면 팔아서 라나로 바꿔도 된다."

"라나가 무엇이오?"

"정령의 땅에서만 통용되는 정령들의 화폐를 라나라 한다. 흐흐! 라나가 많으면 뭐든 할 수 있지. 심지어 정령석도 살 수 있다. 물론 너희들이 그만큼 많은 라나를 모으기란 불가능하겠지만 말이야."

그러고 보니 정령들의 땅에서도 마치 인간 사회처럼 돈이 존재하고 그걸로 많은 것을 살 수 있는 모양이었다.

"알았소. 그럼 이제 안으로 들어가도 되는 것이오?"

"물론이다. 한 가지 주의 사항을 알려 주면 이 안은 너희들에게 기회의 땅이 될 수도 있고 절망의 땅이 될 수도 있다는 것이다."

"그게 무슨 말이오?"

그러자 테낙스가 팔짱을 끼더니 거드름을 피우며 말했다.

"저 안에서는 누구도 너희를 구속하지 않는다. 잘 적응하는 자는 나처럼 기회를 잡을 것이지만, 그렇지 않으면 아주 비참한 신세로 전락할 수도 있다는 것이지. 이를테면 나는 본래 중급 정령에 불과했지만 카르카스 님의 은혜로 인해 상급 정령이 될 수 있었다. 무슨 말인지 알겠느냐?"

"대충은."

그러니까 카르카스 혹은 그의 패거리에게 잘 보이면 좋은 기회를 얻게 된다는 뜻이 아니겠는가?

무혼이 알아듣는 듯하자 테낙스는 흡족한 표정을 지었다.

"흐흐! 제법 눈치가 빠르군. 그럼 건투를 빈다, 신입 정령들이여!"

테낙스가 손을 흔들자 문을 가로막고 있던 중급 정령들이 길을 비껴주었다.

무혼과 아그노스 등은 곧바로 문을 통과했다.

"야호! 드디어 들어왔다. 숲이 어떻게 생겼는지 정말 기대되는걸?"

아그노스는 신이 난 표정이었다. 그러나 포르티는 뭐가 못마땅한 지 인상을 구기고 있었다.

보다 못한 아그노스가 물었다.

"포르티, 너 표정이 왜 그래? 뭐 기분 나쁜 거 있어?"

"그게 아니라 좀 전에 그 정령 녀석의 태도가 영 못마땅해서 그래. 언제 한번 손을 좀 봐줘야겠어. 고작 땅꼬마 주제에 거드름을 피우는 꼴이라니."

포르티는 주먹을 두둑거리며 험상궂은 표정으로 대답했다.

아그노스는 어이가 없다는 듯 한숨을 내쉬었다. 상급 땅의 정령을 땅꼬마라고 부르는 건 포르티 밖에 없으리라.

"하여튼 속이 좁아터진 드래곤이라니까."

"나야 원래 속 좁기로 유명한 놈 아니냐?"

"하긴 화룡 포르티의 그 성질이 어디 가겠어? 그래도 속 좀 넓게 써라. 별일도 아닌 것 가지고 죽상을 쓰고 있으니 공연히 나까지 기운이 빠지잖아."

"내가 타고난 게 이런 걸 어쩌라는 말이냐? 아무튼 네가 아무리 말려도 난 언젠간 그 녀석을 꼭 손보고 말 테다."

"흥! 안 말릴 테니 지금이라도 가서 뒤집어엎고 오든가."

"내가 무혼 때문에 참는 거야. 그런 일을 벌이면 무혼이 곤란해지거든."

"호호! 그래도 제법 기특한 생각은 있구나."

둘이서 옥신각신하며 다투는 모습에 무혼은 피식 웃음이 나왔다.

'이들은 드래곤들치곤 꽤 인간적이군. 뭐, 보기 싫지는 않다.'

그래서일까? 친구가 된 지 불과 하루도 되지 않았는데 무혼은 아그노스와 포르티와 제법 오랜 시간을 친구로 지내온 것처럼 친숙한 기분이 들기도 했다. 그 또한 지난 세월을 고독하게만 지내온 무혼에게 결코 불쾌한 감정은 아니었다.

'그나저나 여긴 예상과는 전혀 다른 곳이군.'

문을 따라 이어진 널따란 대로.

놀랍게도 대로를 따라 죽 가니 드넓은 초원이 펼쳐졌다. 수풀이 잔뜩 우거진 숲에 정령들이 살고 있을 것이란 예상과 달리 초원이 있고, 그 초원을 지나자 마치 인간이나 오크들의 도시를 연상케 하는 거대한 도시가 나타나는 것이었다.

도시의 화려함은 인간이나 오크들의 도시들과는 차원이 달랐다. 성을 방불케 하는 멋진 저택들이 하늘에 둥둥 떠 있었고, 지상에서 뻗어 나온 신비로운 빛들이 공중에 떠 있는 저택들 사이사이로 길처럼 이어져 있었다.

공중뿐 아니라 지상에도 그럴듯한 저택들이 즐비했고, 반짝이는 빛의 분수와 곳곳에 펼쳐진 아름다운 광장 주변으로 형형색색의 옷을 입은 인간들과 엘프들, 각종 이종족들의 모습이 보였다. 심지어 오크와 같은 몬스터도 있었다.

물론 그들은 실제 인간이나 이종족, 혹은 몬스터가 아닌 정령들이었다. 정령들은 사실 각각의 개성에 따라 다양한 모습을 하고 있는데, 이곳 도시에서는 신비하게도 그 모습이 매우 선명하게 드러나 있었다.

"와! 정령들이 이런 멋진 곳에 살고 있었어?"

"놀랍다. 여긴 드래곤 산맥보다 훨씬 살기 좋은 곳이야."

아그노스와 포르티의 두 눈은 휘둥그레져 있었고, 무혼은 고개를 두리번거리며 누군가를 찾고 있었다. 먼저 들어온 실피가 근처에 있지 않을까 해서였다. 그러나 아무리 찾아도 실피의 모습은 보이지 않았다.

'이 녀석은 대체 어디에 있는 거야?'

실피는 아마 도시의 화려함에 홀려 어디선가 신나게 놀고 있을 가능성도 있었다. 그렇다면 무혼은 그녀가 실컷 놀게 내버려 두기로 했다. 모처럼의 자유를 마음껏 즐기도록 말이다.

그사이 주술의 효력이 사라졌는지 무혼과 아그노스, 포르티는 모두 본래의 모습으로 돌아왔다. 다행히 근처에 있던 정령들은 무혼 등을 별달리 이상하게 보지 않았다. 도처에 인간의 모습을 가진 정령들이 수두룩하기 때문인 듯했다.

곧바로 이곳에 들어온 본연의 목적을 상기한 무혼은 아그노스에게 물었다.

"이제 여기서 네 가지 정화를 어떻게 얻어야 되지?"

아그노스는 고개를 흔들었다.

"그건 나도 몰라. 그에 대해 적어 놓은 건 없어서."

포르티가 인상을 구겼다.

"그럼 이 넓은 데서 무슨 수로 그것들을 찾는다는 말이냐?"

"혹시 모르니 저기 정령들에게 물어보고 올게."

아그노스는 정령들이 모여 있는 광장으로 걸어가더니 몇 명의 정령들과 대화를 나눴다. 그러나 이내 그녀는 실망한 표정으로 돌아왔다.

"어떻게 됐냐?"

"아무도 몰라. 오히려 그런 게 대체 뭐냐고 되묻기만 하는걸?"

"큰일이군. 이제 어쩌지?"

포르티가 탄식하며 무혼을 쳐다봤다. 무혼은 잠시 침묵했다가 대답했다.

"내 생각엔 그 사만다라는 불의 정령을 찾아 물어보는 게 좋을 듯하다. 그녀가 천 년 전에 필리우스 님을 도와줬다면 분명 잘 알고 있겠지."

그러자 아그노스와 포르티는 인상을 확 구겼다.

"사만다라고? 소용없는 일이야. 우리가 찾아가면 그녀는 아마 코웃음 치며 당장 꺼지라고 할걸?"

"아그노스의 말이 맞다. 그 성질 더러운 정령 얘기는 꺼내지 마라. 사만다에 비하면 차라리 아르나가 착한 정령이지."

그들은 사만다가 무혼의 일에 전혀 도움을 주지 않으리라 확신하고 있었다.

무혼은 쓴웃음을 지었다.

"그럼 그것 말고 다른 좋은 방법이 있느냐?"

아그노스는 고개를 흔들었다.

"없어."

"그럼 사만다를 만나야겠다. 미리 포기하는 것보다는 가서 부딪쳐 봐야지."

그러자 아그노스는 한숨을 푹 내쉬었다.

"어쩔 수 없지. 나는 그냥 멀리서 뒤따라갈 테니 사만다는 네가 만나서 설득해."

"나도 마찬가지다. 사만다와는 별로 상종하고 싶지 않다, 무흔."

과거에 무슨 안 좋은 일이 있었는지 아그노스와 포르티는 사만다와 마주치는 것을 영 꺼리고 있었다.

"그럼 사만다가 있는 장소를 알아내야겠군. 너흰 당연히 모르겠지?"

아그노스와 포르티는 어깨를 으쓱하며 웃었다.

"후후, 우리도 오늘 처음 왔는데 알 리가 없잖아."

"어쩔 수 없지. 저기 정령들에게 물어봐야겠다."

이번에는 무흔이 광장으로 향했다.

무흔은 광장을 두리번거리다 분수대 근처의 나무 의자에 앉아 독서 중인 여인을 향해 걸어갔다. 매력적인 붉은 홍채를 가진 그녀는 물결 진 예쁜 핑크빛 드레스를 입고 있었다.

'저 여인이 좋겠군.'

실피의 말에 의하면 정령들은 독서를 매우 싫어한다고 했다. 그런데 독서에 심히 몰두하고 있는 정령이 있다니 매우 특이한 일이었다. 더욱 특이한 것은 그녀의 주위로 빈 의자들이 많이 있었지만 모두 비어 있다는 점이었다.

다른 광장은 시끌벅적한데 유독 그녀가 있는 근처만 텅 비어 있는 이유는 무엇일까?

어쨌든 의외로 제법 유식한 정령일 수도 있다는 생각에 무혼은 그녀라면 사만다가 있는 곳을 알고 있지 않을까 하고 기대가 되었다.

"호호호……!"

뭐가 재밌는지 여인은 책장을 넘기며 웃기도 했다. 조금은 민망할 정도로 하얀 다리를 드러내며 꼬고 앉아 있는 모습이 다소 의아스럽기도 했지만 그래도 무혼은 독서하는 정령에 대한 환상을 저버리지 않았다.

"저기, 잠깐 실례하겠소."

정령 네리나는 책장을 살랑살랑 넘기다 문득 누군가 자신을 부르는 소리에 고개를 들었다.

곧바로 그녀는 보고 있던 책을 편 그대로 무릎에 내려놓으며 말했다.

"뭐지? 내게 볼일 있어?"

그 순간 무혼은 네리나가 보고 있던 책의 내용을 확인할 수 있었다.

뜻밖에도 그것은 그림책이었다. 그것도 남녀 정령이 나체로 낯 뜨거운 장면을 연출하고 있는.

'뭐야? 저건 춘화잖아?'

무혼은 두 눈을 의심했다. 벌건 대낮에 그것도 수많은

정령들이 오가는 광장에서 버젓이 앉아 춘화를 감상하고 있었다는 말인가? 그것도 멀쩡해 보이는 여인이! 물론 정령이겠지만.

무혼이 멍한 표정으로 책의 그림을 보고 있자 네리나는 빙그레 웃으며 말했다.

"관심 있다면 같이 볼래?"

"뭐? 같이 봐?"

"후훗, 놀라긴. 보고 싶으면 얼른 옆에 앉아. 이 책은 그림이 움직이기도 해서 현실감도 꽤 있거든. 지금이 한참 재밌는 장면이라고."

네리나는 무혼의 팔을 잡아당겼다.

'그…… 그림이 진짜 움직여?'

무혼의 두 눈이 커졌다. 그러니까 나체 상태의 남녀들이 뒤엉켜 있는 그림이 움직인다 이건가? 어떻게 책에서 그런 게 가능하다는 말인가? 물론 마법이 깃들어 있다면 불가능한 일은 아니겠지만.

무혼은 문득 그림책을 보고 싶은 호기심이 그야말로 강력하게 들었다. 아름다운 여자 정령과 더불어 앉아 움직이는 춘화를 감상하는 것도 심히 흥미로운 일이 아니겠는가?

그러나 무혼은 이내 본연의 목적을 상기하고는 네리나의 손을 뿌리쳤다.

"호의는 고맙지만……."

그때 어느새 뒤따라 왔는지 포르티가 다급히 말했다.

"무혼! 그런 호의는 사양하는 게 아니야. 숙녀에 대한 예의가 아니라고!"

"맞아. 그런 건 같이 봐야 제맛이야. 호호!"

아그노스도 두 눈을 반짝이며 호기심을 드러내고 있었다.

무혼은 어이가 없었다.

'니들 드래곤 맞냐?'

그때 네르나가 인상을 찌푸리며 무혼을 노려봤다.

"볼 거야? 안 볼 거야? 가장 중요한 장면이라니까."

무혼은 가장 중요한 장면이라는 말이 왠지 귀에 들어왔지만 이내 고개를 흔들었다.

"그런 건 혼자 봐라. 그보다 하나 물어볼 게 있어."

그러자 네리나는 노골적으로 귀찮아하는 표정을 짓더니 곧장 손가락 세 개를 들며 말했다.

"30라나."

"뭐?"

"쳇! 뭘 모르는 걸 보니 신입 정령들인가 보군. 잘 알아둬. 여기엔 공짜는 없어. 뭘 알고 싶으면 라나를 지불해야 한다고. 무슨 말인지 알아?"

무혼은 다시 멍해졌다. 그러니까 뭔가 정보를 알고 싶으면 돈을 내라는 말이었다. 여기서의 돈은 물론 라나였다.

"뭘 꾸물대는 거지? 라나가 없으면 꺼지든가. 귀찮게 하지 말고 말이야."

그러자 옆에서 듣고 있던 포르티가 인상을 험상궂게 구기며 말했다.

"생긴 건 멀쩡한데 입이 꽤 거칠군. 어디서 배운 못된 버릇이냐?"

네리나가 가소롭다는 듯 비릿한 미소를 흘렸다.

"훗, 너희들 시비 걸 작정이라면 상대를 잘못 고른 것 같구나. 나중에 살려 달라고 빌지 말고 좋게 말할 때 꺼져라."

순간 포르티의 두 눈이 번뜩였다.

"크큿! 그건 내가 할 소리다. 너야말로 뒈지고 싶어 환장을⋯⋯."

아그노스가 포르티의 말을 잘랐다.

"포르티, 그만둬. 소란을 피울 셈이냐?"

"아오! 말리지 마. 저걸 가만 두면 내가 드래⋯⋯컥!"

아그노스가 포르티의 복부를 후려쳤다.

두 손으로 복부를 붙들고 나뒹구는 포르티를 아그노스가 싸늘히 노려보며 웃고는 이내 네리나를 향해 말했다.

"호호호! 그럼 라나를 가져와서 물어볼 테니 잠깐만 기다려라."

"흥! 그러든지."

네리나는 코웃음 치며 대답했다.

그러나 그녀는 조금 전 포르티가 '드래…….' 어쩌고 하다가 복부를 얻어맞고 나뒹굴었던 것을 떠올리고는 고개를 갸웃했다.

'드래…… 그다음에 뭐였을까? 설마 드래곤?'

네리나는 피식 웃었다. 그따위 말도 안 되는 허풍을 치는 정령이 있을 리는 없기 때문이었다.

'신경 쓰지 말고 책이나 봐야지.'

촤라락.

그녀는 다리를 꼬고 앉은 그대로 다시 책장을 넘겼다. 그러다 문득 고개를 들어 무혼을 노려봤다.

그녀는 무혼의 시선이 책에 은근히 고정되어 있는 것을 보고는 어깨를 으쓱했다.

"홋, 볼 테면 편히 앉아 보든가. 그러다 목 빠지겠네?"

무혼은 움찔했다.

"내가 보긴 뭘 본다는 거냐?"

그러나 말과는 달리 무혼은 은근슬쩍 네리나의 옆에 앉았다. 조금 전 책에서 스치듯 살짝 보였던 장면의 다음이 심히 궁금했기 때문이었다.

'딱 한 장면만 보고 일어나자.'

그런데 그렇게 네리나의 옆에 앉자 책의 장면들이 아주

제대로 눈에 들어오는 것이었다.

무혼의 두 눈이 가늘게 변했다.

'음…… 저, 저건 사기군. 말도 안 되지. 어떻게 저런 자세를!'

무혼은 점점 더 책에 빠져들었다.

처음에는 춘화만 의미 없이 나열되어 있는 줄 알았는데, 보다 보니 제법 이야기의 흐름도 이어지고 있었다. 중간중간 민망한 장면들이 노골적으로 등장해서 그렇지, 감동적인(?) 부분도 적지 않았다.

"어때, 재밌지?"

"꽤 볼만하구나."

그 사이 비틀거리며 일어난 포르티가 두 눈을 휘둥그레 뜨며 다가왔다.

"뭐냐? 나도 좀 보자."

"흥! 넌 안 돼. 보고 싶으면 5라나를 내든가."

그러고 보니 네리나는 춘화를 보여 주며 돈을 버는 정령이었나 보다.

그나저나 라나라니. 포르티는 울상을 지었다.

"그런 게 어디 있느냐? 저 친구는 공짜로 보여 주고 왜 나는 라나를 내야 해?"

"내 맘이야."

네리나는 코웃음 치더니 무혼의 곁으로 바싹 붙어 앉았

다. 그러고는 무혼의 눈앞으로 책을 바싹 들이밀며 말했다.

"자, 너만 봐! 넌 아주 잘생겼으니 앞으로도 계속 공짜로 보여 줄게. 우후후."

"고맙지만 이젠 됐다."

무혼은 책을 계속 보고 싶은 유혹을 뿌리치며 자리에서 일어났다.

바로 그때 아그노스가 의기양양한 표정으로 나타났다. 그녀의 뒤에는 잔뜩 상기된 표정의 청년 정령들이 어깨에 큼직한 자루를 짊어진 채 뒤따르고 있었다.

"아그노스, 그게 다 뭐냐?"

무혼이 묻자 아그노스는 호호 웃었다.

"뭐긴 뭐야? 라나지. 정령석 백 개를 라나로 바꿔 왔어."

"그럼 대체 얼마야?"

"개당 만 라나니까 모두 백만 라나야. 이 정도면 여기서도 제법 갑부 소리 들을 수 있겠지. 호호호!"

"여기서 눌러 살 것도 아니면서 뭘 그렇게 많이 바꿨냐?"

정령석 한 개만 바꿔도 라나는 남아돌지도 모르는데 무슨 백 개씩이나 바꿨다는 말인가?

그러나 점입가경이라고 그사이 어디론가 사라졌던 포르

티 역시 십여 명의 짐꾼 정령들을 대동하고 나타났다. 그 역시 정령석 백 개를 라나로 바꾼 것이었다.

포르티는 히죽 웃으며 광장 한쪽의 푸른 지붕으로 된 예쁜 카페를 가리켰다.

"저기 카페 보이지? 오는 길에 우리 아지트로 적당해 보여서 샀다."

"뭐! 카페를 왜 사? 그리고 무슨 아지트가 필요해?"

"흐흐! 급매물이라고 적혀 있기에 물어봤더니 고작 3만 라나라고 하더군."

"호호! 싸게 샀구나. 잘했어, 포르티."

아그노스가 포르티를 칭찬했다. 무혼은 어이가 없었다.

"쯧! 나 참, 대체 무슨 짓들이냐?"

"크하하하! 무혼. 이게 바로 우리 드…… 의 방식이다."

"호호! 포르티의 말이 맞아. 이게 바로 우리들의 방식이지. 뭐든 필요하면 말해. 친구 좋다는 게 뭐니?"

"그래. 고맙다."

무혼은 쓴웃음을 지으며 고개를 끄덕였다.

하긴 드래곤은 인간과 다르다. 그리고 그들에게 그들만의 방식이 있는 건 당연하리라. 따라서 드래곤들을 친구로 두려면 이런 방식에도 제법 익숙해져야 할 듯했다.

Chapter 11

어둠의 지배자

광장의 카페라 불리는 건물. 다름 아닌 포르티가 3만 라나를 주고 인수한 이 건물은 이곳 정령의 숲에만 있다는 특이한 소재들로 만들어져 있었다. 하얀 벽은 솜처럼 부드러웠고, 형형색색의 조명들이 신비로운 실내의 분위기를 연출했다.

가장 놀라운 사실은 이 건물이 지상에만 고정되어 있지 않고 하늘로 둥둥 떠오르기도 한다는 것! 그로 인해 아름다운 정령들의 도시 상공을 서서히 비행하며 화려한 도시를 한눈에 조망하며 내려다볼 수 있었다.

카페 건물의 소유자가 된 포르티는 푹신한 소파에 앉은

채 거드름을 피우고 있었고 메이드 정령들은 그의 눈치를 보며 열심히 일을 했다.

포르티는 슬렁슬렁 노는 것처럼 보여도 메이드 중 요령을 피우거나 딴 짓을 하는 정령이 보이면 그 즉시 벌떡 일어나 잔소리를 해대는 것이었다.

"잘리고 싶은 것이냐? 그렇게 해서 라나를 벌 수 있다 생각하느냐? 너 말고도 일하겠다는 정령은 수도 없이 많다는 것을 모르느냐? 엉?"

"흐윽! 잘못했어요."

포르티에게 걸린 메이드 정령은 서러운지 훌쩍거렸다. 포르티가 거액의 라나를 왠지 허술하게 쓰는 것 같아도, 이런 때 보면 쫀쫀할 정도로 치밀한 구석이 없지 않았다.

"흥! 포르티, 저길 봐. 탁자 밑에 먼지가 잔뜩 쌓여 있잖아. 이거 청소를 제대로 한 거야?"

그런데 아그노스 또한 포르티의 옆에서 함께 잔소리를 해대는 것이었다.

그녀의 말에 포르티는 인상을 구겼다.

"제길! 그렇군. 어이, 너! 냉큼 저길 청소해라. 그리고 너희들은 뭘 멀뚱히 서 있는 것이냐? 빈둥대지 말고 어서 가서 일들을 하라고! 일을! 다들 잘리고 싶은가 보군."

"아, 안 돼요. 제발 자르지 말아 주세요."

"열심히 할 테니 제발!"

무혼은 메이드 정령들이 불쌍해서 못 봐줄 지경이었다. 저 또한 드래곤들의 방식인 것일까? 말 그대로 악덕 사업주가 따로 없었다.

그러나 무혼은 그러려니 하고 더 이상 그들에 대해 신경 쓰지 않았다. 무혼에게 중요한 것은 이곳 정령들의 땅에서 사만다가 어디에 있는지 알아내거나 혹은 물, 바람, 땅, 불의 정화를 얻을 방법을 알아내는 것이었으니까.

따라서 포르티와 아그노스가 메이드 정령들에게 잔소리를 하고 있는 동안, 무혼은 카페의 창가에 위치한 전망 좋은 소파에 앉아 네리나에게 궁금한 것들을 물어보기로 했다.

광장에서 춘화를 보여 주며 돈을 버는 기괴한 직업을 가진 네리나는 무혼이 포르티의 카페로 초청하자 흔쾌히 응했고, 여전히 민망한 자태로 훤히 드러난 다리를 꼬고 앉은 채 김이 모락모락 나는 차를 홀짝였다.

"그래서, 궁금한 게 뭔데? 질문 하나당 30라나라는 걸 잊지 마."

"불의 정령 사만다의 위치."

그러자 네리나가 찻잔을 내려놓고 무혼을 경계하듯 노려봤다.

"지금 뭐라고 했지?"

"사만다. 그녀의 위치를 알고 싶다고 했다."

"그게 왜 궁금한 거야?"

"그런 것도 말해야 하나? 난 그냥 그녀의 위치를 알고 싶을 뿐이다. 모른다면 다른 질문을 하지."

네리나는 피식 웃더니 입을 열었다.

"넌 아직 신참 정령이어서 이곳 사정을 잘 모르나 보네. 그래도 그렇지. 여기서 사만다의 이름을 입에 올리는 게 얼마나 위험한 일인지 정말 모르는 거야?"

"그 이유가 뭔지 알고 싶군."

"공짜로?"

"대가는 지불하지. 내가 궁금한 모든 것을 알려 주면 이걸 주겠다."

무혼은 테낙스에게 받은 카르의 돌을 들어 보이며 말했다.

네리나는 웃었다.

"통이 큰 건가? 그거 하나에 1천 라나야."

"꽤 비싸군."

"그걸 먹으면 정령력이 늘어나거든. 정령석에 비하면 효력이 십분의 일 정도지만."

마기가 미세하게 깃들어 있는 카르의 돌에 정령력이 늘어나는 효능이 있다니 놀라운 일이었다. 정령석을 먹지 못하는 하급 정령이나 중급 정령들은 이 카르의 돌이라도 먹고 싶어 안달이 날 것이다.

"어쨌든 1천 라나의 가치가 있다니 이 정도면 내가 궁금해하는 걸 알려 줘도 되지 않을까?"

무혼은 카르의 돌을 만지작거리며 말했다. 네리나가 고개를 끄덕였다.

"이곳 도시는 사실상 카르카스가 지배하고 있어. 그는 바람의 정령으로 몇 십 년 전에 혜성처럼 나타나 정령의 숲을 지배하는 강자가 된 신흥 영웅이라 할 수 있지."

"신흥 영웅이라."

무혼은 싸늘히 미소 지었다.

그 순간 무혼의 두 눈에서 섬뜩하게 피어오르는 살기에 네리나는 몸을 오싹 떨었다. 그러나 그 살기는 언제 나타났냐는 듯 순식간에 사라졌다. 섬뜩했던 그 느낌이 마치 착각인 듯싶을 정도로.

'이 작자의 정체는 대체 뭐야?'

네리나는 문득 혼란스러운 눈빛으로 무혼을 노려봤다. 사실 그녀는 처음부터 무혼에게 뭔가 이상한 구석이 있음을 느꼈었다. 무혼뿐 아니라 저쪽에서 메이드 정령들을 구박하고 있는 포르티와 아그노스에게서도.

'생각할수록 수상한걸. 혹시?'

불현듯 이상한 의문이 그녀의 머리를 스쳤다.

문득 포르티가 '드래…….' 어쩌고 했던 말이 다시 떠올라서였다.

'아니야. 그럴 리가 없어. 여기가 어떤 곳인데?'

그것은 이곳 정령의 땅에서는 도저히 있을 수 없는 일이었다.

그런데 바로 그 순간, 무혼의 입가에 다시 싸늘한 미소가 피어올랐다. 네리나의 흔들리는 눈빛에서 그녀가 뭔가 의심을 하고 있음을 무혼이 눈치챈 것이다.

"평범한 일상으로 돌아가고 싶다면 쓸데없는 의문은 버리는 게 좋을 거야. 물론 선택은 자유다. 어떤 게 현명한지는 충분히 알고 있을 테지만."

무혼의 음성은 차분했지만 섬뜩한 경고가 실려 있었다. 눈치 빠른 네리나는 그 경고의 의미를 알아들었는지 차갑게 웃었다.

"호호! 걱정 마. 나는 라나만 벌면 되거든. 무엇보다 나는 고객의 비밀은 철저히 지킨다고."

"바람직한 생각이군."

"또한 한 가지 말해 둘 게 있어. 그건 절대 네가 겁나서 그런 건 아니라는 거야. 나 또한 그리 만만한 정령은 아니거든. 이 도시를 장악한 카르카스도 날 쉽사리 건드리지 않고 있단 걸 잊지 마."

"네가 평범한 정령이 아니라는 것쯤은 이미 알고 있었다."

무혼은 씩 웃었다. 그는 이미 네리나를 중심으로 그녀와

연관 있어 보이는 수십 개의 심상치 않은 동선을 간파한 터였다.

아까부터 카페 외부의 광장을 어슬렁거리며 걸어 다니는 수십 명의 정령들이 네르나를 중심으로 해서 포르티의 카페를 빙 둘러 포위하고 있었던 것이다.

물론 그들은 지상에 위치하고 있었지만 언제든 허공으로 날아올라 이곳 카페로 진입할 수 있을 것이다. 모두 상급 정령들이니까.

"훗, 제법인걸. 벌써 내 부하들의 존재를 모두 눈치챈 거야?"

"그런 건 내게 그리 어려운 일이 아니다. 나에 대한 관심은 끄고 계속해서 내가 알고 싶어 하는 걸 말해 봐. 신용을 지키면 앞으로도 계속 너의 고객이 되어 주마."

"호호! 좋아. 그럼 계속 말할 테니 잘 들어. 카르카스가 정령들의 신망을 얻게 된 이유는 하급 정령들과 중급 정령들에게 폐쇄된 이곳 정령의 숲을 개방하는 데 힘썼기 때문이야. 그는 정령의 숲은 모든 정령들에게 기회의 땅이 되어야 한다고 주장했고, 그것을 실천했지."

'그런 대로 제법 괜찮은 생각을 가지고 있었군.'

네리나의 말대로라면 카르카스는 상급 정령들의 전유물이 되어 버린 정령석을 하급 정령과 중급 정령들에게도 획득할 기회를 주자는 주장과 함께 실제로 그 일을 실천한 개혁가라 할 수 있었다.

그로 인해 수많은 하급 정령이나 중급 정령들에게 강해질 수 있는 기회가 돌아갔지만, 당연히 기득권을 가진 기존 상급 정령들의 반발이 없었을 리가 없었다.

그러나 상급 정령 중 최상의 능력을 지닌 카르카스는 다른 상급 정령들의 반발을 누를 수 있는 강한 힘이 있었다. 또한 카르카스를 지지하는 수많은 정령들의 힘도 무시할 수 없었다.

그렇게 카르카스는 결계의 통로를 비롯해 정령의 숲 북부를 장악했고, 그에게 반발하는 상급 정령들은 남쪽으로 밀려났다.

그리고 그들은 남쪽 화산 지대의 지배자인 불의 정령 사만다 아래로 모여들었다.

사만다는 카르카스가 어찌하기 힘든 강적이었다. 카르카스가 몇 번이고 공략했지만 사만다의 화산성(火山城)은 견고한 철옹성처럼 무너지지 않았다.

이른바 남북전쟁이라 불리는 이 전쟁은 수십 년이 지난 지금도 끝나지 않았고, 여전히 사만다는 남부의 지배자로 남아 있었다.

그러나 대부분의 정령들은 머지않아 사만다의 화산성이 무너질 것이라 확신하고 있었다. 그 이유는 카르카스의 개방 정책으로 인해 북쪽에는 새로운 상급 정령들이 계속 생겨나고 있는 반면, 사만다의 세력은 오히려 줄어들고 있기 때문이었다.

갈수록 커져 가는 카르카스의 위세에 겁먹은 사만다의 부하들이 은밀히 화산성을 떠나 카르카스의 부하가 되길 자청하는 현상이 벌어지고 있는 것도 또 다른 이유라 했다.

"따라서 사만다는 이곳 도시의 정령들에게는 반드시 없어져야 할 악의 화신이나 마찬가지라 이거지. 그녀의 이름을 입에 담으면 안 되는 이유를 이제 알아들었어?"

"충분히 알아들었다."

무혼은 고개를 끄덕였다. 이로써 무혼은 사만다가 남부의 화산지대에 위치한 그녀의 화산성에 거하고 있음을 알아낸 것이었다.

"그런데 개혁이 이루어졌다지만 이곳에 여전히 하급 정령과 중급 정령들은 넘쳐나는 것 같군. 저들에게도 정령석이 돌아갈 수 있을까?"

"거의 불가능해. 정령의 숲 북부가 기회의 땅이 되었다 해도 거기서 나는 정령석에 비해 그것을 원하는 정령들의 숫자가 너무 많거든."

"그렇다면 결국 정령석은 아주 소수에게만 돌아가겠구나."

"모두 카르카스가 관리하고 있어. 다툼이 생기지 않도

록 공평하게 나누어 준다는 명목이지."

무혼의 입가에 조소가 일었다.

"공평하게라? 그게 가능할지 모르겠군."

"카르카스는 누구나 열심히 일을 해서 라나를 벌면 그걸 정령석이나 카르의 돌로 바꿔 준다고 했어. 정령석은 1만 라나, 그와 비슷하지만 효력은 떨어지는 카르의 돌은 1천 라나. 이런 식이야."

"흠."

"하지만 이곳에 들어온 하급 정령들은 정령석은 꿈도 꾸지 못하고 카르의 돌 하나라도 얻기 위해 죽도록 일하고 있어. 물론 라나를 그토록 많이 벌기가 그리 쉬운 일이 아니다 보니 결국 카르의 돌도 포기하고 그냥 향락에 빠져 사는 정령들이 많아. 카르카스의 정책으로 인해 도시에 여러 가지 유흥거리들이 제법 생겨났거든."

"유흥거리라면?"

"인간들과 비슷해. 각종 술집도 있고 도박장도 있지. 심지어 라나를 벌기 위해 몸을 파는 정령들도 있어. 상급 정령이 되기보다는 라나가 생기면 그런 곳에 가서 탕진하는 하급 정령들이 수두룩하니까. 솔직히 하급 정령들은 하루 벌어 하루 노는 경우가 대다수야."

겉으로는 그저 환상처럼 아름답게만 보였던 정령들의 도시 이면에 있는 추악한 면모를 듣게 되자 무혼은 씁쓸함을 금치 못했다.

그러나 어디 이런 곳이 정령의 숲뿐이겠는가? 인간 사회의 경우는 그보다 더욱 심했다.

'어차피 나와는 상관없는 일이다.'

앞으로 이곳 정령들의 도시가 어떤 식으로 변하든 인간인 무혼이 상관할 바는 아니었다.

정령들의 도시이니 정령들이 알아서 할 일이었다. 과거로 회귀하든, 지금보다 살기 좋게 발전시키든 그건 정령들의 몫이었다.

무혼이 관심 있는 것은 정령의 숲에 있다는 네 가지 보물을 찾는 것이고, 굳이 하나 더 있다면 카르카스와 마족 간의 연결고리가 있는지 확인해 보는 것이었다.

다른 것은 몰라도 마족들이 암중에서 정령들을 지배하고 착취하는 것만은 절대 두고 볼 수 없기 때문이었다.

"한 가지 궁금한 게 있어. 그런 카르카스가 함부로 어쩌지 못한다는 너의 정체는 뭐지? 내가 볼 때 넌 카르카스를 그리 탐탁지 않게 생각하고 있는 듯한데 말이야."

무혼은 네리나를 노려보며 물었다.

네리나가 하고 있는 춘화관람업은 그저 위장일 뿐 그녀는 이곳 도시에 무시 못 할 세력을 지니고 있는 것이 분명했다.

밖에서 이곳을 살피는 부하들도 그렇고, 특히 카르카스

가 그녀를 함부로 하지 못한다는 것도 결코 범상한 일은
아니었다.

"후훗, 그걸 물어볼 줄 알았지. 뭐, 못 가르쳐 줄 것도
없어. 웬만한 정령이라면 다 알고 있거든. 난 이 도시의 어
둠을 지배하고 있으니까."

정령 도시의 어둠을 지배하고 있다? 그렇다면 암흑가의
수괴 정령이라는 말인가?

"흐음! 어쩐지 성질이 더럽다 했지. 그런 일에 종사하고
있었군."

"호호! 암흑가의 보스 정령이셨다? 아주 멋진걸."

포르티와 아그노스는 메이드 정령들에게 잔소리를 하는
와중에도 네리나의 말을 모두 들은 모양이었다.

그들은 흥미진진한 눈빛을 반짝이며 무혼의 양옆 소파
에 앉았다.

그러자 네리나가 표정을 차갑게 굳히며 말했다.

"나는 너희들의 정체 따위가 뭔지 관심은 없어. 너희들
이 무슨 짓을 해도 나와 상관없는 일이야. 다만 혹시라도
이 도시의 암흑가를 노리겠다면 그때는 가만있지 않을 거
야."

포르티가 키득거리며 대답했다.

"흐흐! 안심해. 우린 암흑가의 보스 노릇을 하는 것 따
위는 전혀 관심 없다. 여기서 볼일만 마치면 조용히 사라

져 줄 테니까 너는 쓸데없이 우리 일을 방해만 하지 않으면 된다."

"그건 염려 마. 그리고 필요한 게 있으면 뭐든 부탁해. 라나만 주면 어지간한 건 쉽게 해결될 테니까. 아, 사만다와 싸워 달라거나 화산성에 데려다 달라거나 하는 말도 안 되는 부탁은 빼고 말이야."

순간 포르티가 100라나를 슥 내밀었다.

네리나는 의아한 표정으로 물었다.

"웬 라나야?"

"방금 필요한 거 있으면 말하라고 하지 않았느냐?"

"물론 그랬지."

"내가 필요한 건 아까 네가 봤던 그 책이다. 100라나면 그걸 사는 데 충분하겠지?"

"훗, 물론이야."

네리나는 라나를 받아 챙기고는 움직이는 춘화가 그려진 그 책을 포르티에게 내밀었다.

포르티는 희색이 만연한 표정으로 책을 받으며 물었다.

"또 다른 것도 있냐?"

"얼마든지. 여기 목록을 볼래?"

라나는 커다란 두루마리를 펼쳤다. 그곳에는 갖가지 야릇하고 민망한 제목들이 쭉 나열되어 있었다.

무혼의 시선도 자연스레 그쪽을 향했다.

'정령 마님 바람났네! 정령 여왕의 화려한 외출! 야한 정령이 맛있다! 무한의 정령왕…….'

눈에 띄는 제목들이 한두 개가 아니었다.

그사이 포르티가 스무 권, 아그노스가 열일곱 권을 샀다.

그러나 무혼은 이내 다시 본연의 목적을 상기하고는 안색을 굳혔다.

'내가 지금 저런 걸 사고 있을 때인가?'

정신줄을 놓고 있는 드래곤 친구들과 함께 있다 보니 무혼도 잠시 정신이 혼미해졌나 보다.

무혼은 인상을 찌푸리며 네리나를 노려봤다.

"마지막으로 묻지. 혹시 물의 정화와 불의 정화, 그리고 바람의 정화와 땅의 정화에 대해 아는 거 있냐?"

사만다를 찾아가기 전에 혹시나 싶어서 물어본 것이었다. 이곳 도시의 밤을 지배할 정도로 뛰어난 능력을 지닌 네리나라면 혹시 알고 있을 수도 있기 때문이다. 물론 크게 기대하지는 않았다.

그런데 뜻밖에도 네리나는 그것들에 대해 술술 말하기 시작했다.

"도시 동쪽 호수 바닥을 뒤져 보면 푸르고 투명하게 빛나는 돌이 아주 간혹 나온다고 들었어. 그 돌이 바로 물의 정화야. 바람의 정화는 북쪽 초원 지대에서만 나는 잎사귀가 일곱 개 달린 풀인데, 워낙 희귀해서 찾기가 쉽지 않을걸. 그리고 거긴 금역이야. 정령석이 나는 곳이라 카르카스의 부하들이 지키고 있지."

"흠, 그래?"

무혼의 안색이 밝아졌다. 네리나가 생각보다 매우 상세히 알고 있었기 때문이다.

포르티와 아그노스도 의외라는 듯 눈을 휘둥그레 뜨고 네리나를 쳐다봤다.

"그럼 불의 정화랑 땅의 정화는 어디에 있느냐?"

"불의 정화는 당연히 화산 지대에 있지. 노랗게 타오르는 듯한 보석이라고 했는데, 그것의 정확한 위치는 아마 사만다가 알고 있을 거야."

불의 정화를 얻기 위해서라도 사만다는 무조건 찾아가야 할 듯했다.

"그리고 땅의 정화는 갈색 별 모양의 돌인데, 이곳 도시 지하에 위치한 던전 어딘가 있다는 전설이 있어. 던전이 미로 형태로 되어 있고 고대의 괴수들이 우글거린다는 말도 있어 모두가 가길 꺼려하는 곳이지."

네리나는 말을 마친 후 씩 웃었다.

"그중 물의 정화는 10만 라나만 주면 내가 구해 줄 수 있어. 하지만 다른 건 돈을 아무리 많이 줘도 나로서는 못 구해. 너희들이 알아서 해야 할 거야."

그러자 무혼은 주저 없이 아공간에서 정령석 세 개를 꺼
내 네리나에게 건넸다.

"잔금은 물의 정화를 가져오면 주겠다."

"호호, 좋아. 최대한 빨리 그걸 찾아올게."

그러자 아그노스가 무혼을 쳐다봤다.

"무혼, 난 바람의 정화를 찾아오겠어."

포르티도 자신 있게 말했다.

"그럼 나는 땅의 정화를 맡으마."

무혼은 고개를 끄덕였다.

"고맙다, 친구들. 그러면 나는 사만다를 만나러 갔다 오
지."

포르티와 아그노스도 고개를 끄덕였다.

누구든 임무를 먼저 마친 이는 이곳 아지트 카페로 돌아
와 쉬고 있기로 했다.

그런데 그때 무혼을 향해 네리나가 작은 두루마리 한 장
을 내밀었다.

"이게 뭐냐?"

"척 보면 몰라? 지도가 그려져 있잖아."

"지도?"

"당연하지. 화산성까지는 생각보다 굉장히 멀거든. 이
게 있어야 길을 잃지 않고 쉽게 갈 수 있어. 그건 원래 라
나를 주고도 구하기 힘든 거지만, 큰 건을 맡겼으니 그냥

보너스로 주는 거야. 그리고 이건 심심할 때 읽어."

네리나는 지도 두루마리와 함께 야릇한 제목이 적힌 책 세 권을 무혼의 손에 쥐여 주었다. 모두 야한 정령이 어쩌고 하는 제목들이었다.

"흠. 고맙다."

무혼은 사양 없이 받아 챙겼다. 그러다 문득 말했다.

"참, 혹시 실피라는 이름의 중급 바람의 정령이 어디에 있는지도 알아봐 줄 수 있겠느냐?"

그와 함께 무혼은 실피의 외모를 간략하게 설명했다.

"신입 정령이로군. 뭐, 도시에 있다면야 찾기 어렵지 않지. 그냥 붙잡아 오면 되는 거야?"

"아니. 그냥 잘 지내고 있는지 지켜보면 된다. 혹시 위기에 처하면 도와주고 말이야. 그에 대해서도 후사하지."

"좋아. 맡겨 줘. 그럼 나는 이만."

네리나는 흔쾌히 고개를 끄덕이고는 카페를 나섰다. 잠시 후 무혼과 아그노스, 포르티도 각자의 임무를 위해 목적지로 향했다.

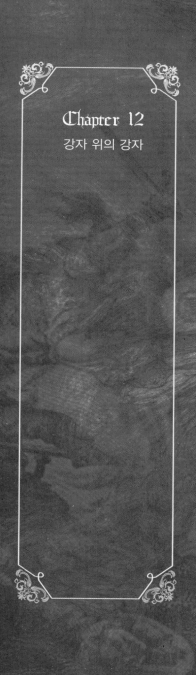

Chapter 12

강자 위의 강자

　무혼은 정령들의 도시 남쪽을 벗어나 사만다가 있다는 화산성을 향해 계속 남하 중이었다. 그사이 무려 사흘의 시간이 흘렀지만 가도 가도 끝없는 초원만 나올 뿐이었다.

　이미 극성에 이른 전마부운신법으로 인해 무혼은 상공을 부유하듯 유유하게 빠른 속도로 날고 있었다.

　그런데도 사흘이 지나도록 화산성이 나타나지 않을 줄이야.

　'네리나의 말대로 무척 멀긴 멀군.'

　무혼은 지도에 나온 대로 움직이고 있었지만 사흘 동안 짙푸른 초원과 드문드문 나타나는 숲이 있을 뿐, 그 외에는 아무것도 없었다.

오죽하면 하다못해 몬스터라도 출몰했으면 하는 심정이
겠는가.

그렇게 다시 또 하루의 시간이 지났을까?

무혼은 여전히 남하 중이었다.

지도에는 초원을 지나 계속 내려가면 황무지와 사막으
로 이루어진 지대가 나타나고, 그 후에야 화산성이 나온다
고 되어 있었다.

과연 지도는 틀리지 않았다.

어느 순간 초원이 사라지고 메마른 황무지가 앞을 가로
막았다.

그런데 그때부터 소름 끼치는 현상이 발생했다. 낮의 더
위는 평범한 인간이 견디기 힘들 정도로 들끓더니, 밤에는
얼음이 얼어붙을 정도로 극심한 추위가 몰아치는 것이 아
닌가?

그러한 현상은 남쪽으로 내려갈수록 더욱 심해졌다. 수
시로 거대한 돌풍이 몰려오고, 갑자기 눈이 내리기도 하는
등 도무지 이해하기 힘든 이상 기후 현상이 끝없이 이어졌
다.

'정말 지옥과 같은 날씨로군.'

무혼은 적정한 체온을 유지하기 위해 노력해야 했다. 이
곳은 기후 자체가 육체를 가진 인간에게는 최악의 상태를

제공하고 있었으니까.

다시 말해 이곳 황무지는 정령이 아닌 인간이라면 사실상 생존이 불가능한 지대였다. 무혼이 내공을 통해 외부의 열기와 한기를 막아 내고 적정 체온을 유지시킬 수 있는 경지에 이르지 않았다면 벌써 숨이 끊어지고 말았을 것이다.

그런데 그러한 극한 상황이 무혼에게 있어서는 오히려 복이 되고 있었다.

낮밤을 가리지 않고 수시로 더위와 추위가 반복되는 현상과 싸우며 전마심법을 운공하다 보니 어느 순간 무혼은 단전의 내공이 눈에 띄게 증가해 있음을 알게 되었다.

사실 이곳의 기후가 이토록 변화무쌍한 것은 황무지와 사막 지대를 흐르는 마나의 기운이 매우 불규칙하고 거칠어서 벌어지는 현상 때문이었다.

그러한 와중에 무혼이 스스로를 보호하기 위해 끝없이 전마심법을 펼치자 마나의 흡수가 빨라졌고, 그로 인해 단전 한쪽에 있던 내단의 기운이 용해되는 속도도 빨라졌다.

그것을 간파한 무혼은 문득 그 자리에 멈춰 섰다. 곧바로 그의 입가에 기묘한 미소가 감돌았다.

'그러고 보니 여기만큼 수련하기 좋은 곳이 없구나.'

특히 내공 수련에 있어서는 이로이다 대륙 어디에도 이와 같은 곳은 없었다.

무혼의 현재 내공이 결코 적은 것은 아니지만, 장차 마왕 유레아즈와 싸워 이기려면 이 정도의 내공으로는 어림없을지도 모른다.

'이곳에서 한동안 수련을 하게 되면 내공이 대폭 증진될 것이 분명하다.'

특히 내단이 가진 미증유의 기운을 대거 흡수하거나, 혹은 완전히 흡수해 버릴 수도 있었다.

'그렇다면?'

망설일 이유가 없었다.

그 즉시 무혼은 적당한 자리를 찾아 전마심법의 운공을 시작했다.

물론 무혼에게는 전마심법보다 훨씬 뛰어난 진원심법이 있긴 하지만 그것은 상단전의 진원마기를 운용할 때만 쓰일 뿐이다. 단전의 내공을 사용하려면 전마심법의 운공이 필수였다.

츠으으읏!

그동안은 신체를 보호하기 위해 심법 운공을 했던 반면, 지금은 무혼이 작정하고 내공 수련을 위해 운공을 시작했다.

그래서인지 단전에 내공에 쌓이는 속도는 가히 눈이 부실 지경이었다.

무혼은 무아지경에 빠졌다. 그는 불의 정령 사만다를 만나 불의 정화를 얻어야 한다는 본연의 목적도 망각하고 말 았다.

그러다 보니 어느새 한 달 가까운 시간이 지났다.

무혼은 이따금씩 아공간에서 간단한 음식과 식수를 꺼 내 마시는 시간 외에는 오로지 운공조식에만 몰두했다. 그 러고도 그의 내공수련은 멈출 기미를 보이지 않았다.

*　　　*　　　*

미명이 밝아 오는 트레네 숲의 새벽.

동쪽 절벽 지대에 위치한 작은 봉우리의 정상에는 이십 대 초반으로 보이는 갈색 머리 청년이 눈을 감은 채 결가 부좌 자세를 취하고 있었다.

후우! 후우!

규칙적으로 호흡을 통해 단전으로 마나를 흡수하는 청 년의 표정은 진지했다. 그의 몸에서는 훈훈한 열기가 수증 기처럼 피어올랐다.

미명이 사라지고 환한 태양이 숲의 동편에 모습을 드러 낼 즈음 청년은 눈을 뜨고 벌떡 일어났다.

번쩍!

"우하하하하!"

자신감이 넘치는 그의 눈빛. 곧바로 터져 나오는 그의

웃음소리는 창천이라도 뒤흔들 듯 우렁찼다. 이럴 때의 그를 누군가 보면 가히 절대강자라고 생각할 수도 있으리라.

"하앗!"

그는 어느새 검을 빼 들고 휘두르고 있었다.

푸른 검신의 롱소드가 공간을 절도 있게 갈랐다. 매서운 검풍과 그로부터 일어나는 섬뜩한 파공음, 우렁찬 기합 소리가 산을 흔들며 쩌렁쩌렁 울려 퍼졌다.

파파팟—

쉭! 쉬쉬쉭!

검과 함께 바람처럼 움직이는 그의 모습은 홀연히 일어난 돌풍처럼 위세가 넘쳤다. 그의 검무는 도합 서른여섯 개의 검식을 펼치고 나서야 멈춰졌다.

'아, 나는 정말 둔한 것인가? 이제야 겨우 선풍검법을 이성 정도 성취한 것 같으니 말이다. 이러다 마스터께서 돌아오시면 실망하실지도 모른다.'

탄식하며 한숨을 내쉬는 청년은 다름 아닌 한스였다. 그는 무혼이 전수해 준 선풍검법의 선풍삼십육검식을 매일 팔이 부러져라 수련했고, 지금은 비교적 자유롭게 그것들을 펼쳐낼 수 있었다.

그는 특히 혈광심법을 꾸준히 운기한 덕분에 단전에는 적잖은 내공도 쌓여 있었다. 그로 인해 선풍보법이라는 보법을 구사할 수 있어 검법의 위력이 강해졌고, 선풍신법의 경공술을 익혀 자신의 키보다 높은 바위도 가볍게 차오를 수 있을 뿐 아니라 숲의 나무 사이를 빠르게 질주하며 달릴 수도 있었다.

이전 중급 용병 시절에 비하면 그사이 몇 배 이상 강해진 터였지만, 한스는 조금도 만족할 수 없었다. 그 이유는 현재 트레네 숲에 있는 마스터의 부하들 중 자신이 가장 약하다고 생각하기 때문이었다.

물론 그것은 단순히 한스의 생각만이 아닌 사실이었다. 매일 서너 차례씩 벌어지는 대련에서 한스는 항상 무참히 패배하고 있었던 것이다.

"쿠워어어어어어!"

그 순간 거대한 몬스터의 포효가 한스의 귀를 울렸다. 귀를 찢을 듯 거대한 포효는 섬뜩하기 이를 데 없었다.

보통 사람이라면 소스라치게 놀라 자빠지겠지만 한스는 눈 하나 깜빡하지 않았다.

그런 건 이제 너무 익숙하다. 심지어 몬스터의 괴성들이 들려오는 곳에서 천연덕스럽게 낮잠을 즐길 수 있는 경지에 이르렀으니까.

오히려 그는 포효가 울려 퍼진 곳을 노려보며 인상을 쓸 뿐이었다. 놀랍게도 그곳에는 소의 머리를 가진 거대한 몬스터가 큼직한 도끼를 양손에 쥔 채 키득거리며 서 있었다.

그 몬스터는 미노타우루스였다.

머리에 하나의 황금색 뿔이 번쩍이고 있는 미노타우루스. 다름 아닌 미노타우루스의 최강자인 로드릭으로, 그에게는 본래 두 개의 뿔이 있었지만 오크 군단장 라그너즈에게 한쪽 뿔이 잘려 나가 지금은 하나의 뿔만 남아 있었다.

뿔이 잘리기 전에도 강했지만, 뿔이 잘려 나간 이후의 로드릭은 더욱 강해졌다. 두 번 다시 그와 같은 굴욕을 당하지 않기 위해 미친 듯 수련에 몰두했기 때문이었다.

마스터인 무혼에게 전수받은 대력파산부법의 초식들을 매일같이 수련해 온 로드릭은 아직 한스가 상대하기 매우 벅찬 상대였다.

'제길! 오늘은 로드릭이라니. 내가 얼마나 버틸 수 있을지 모르겠구나.'

트레네 숲의 초대형 몬스터들은 매일 새벽마다 상대를 선택해 대련을 한다. 하루의 시작을 대련으로, 하루의 끝을 대련으로 마치는 것은 모두가 강해지기 위한 수련의 일환이었다.

대련의 대상은 무작위로 선택한다.

아무나 잡아 미친 듯 싸워 그를 쓰러뜨리고 나면, 또 다른 대상을 찾아 싸우고, 그런 식으로 최후의 승자를 가리는 것이었다.

한스는 최후의 승자는 꿈도 꿔 본 적이 없었다. 그저 한 번이라도 이겨 보려 악을 썼을 뿐이다. 그 와중에 그의 실력은 일취월장하고 있었지만, 그래도 아직 로드릭을 상대하기란 불가능했다.

"쿠워어어어! 좋은 아침이다, 한스. 잠은 잘 잤느냐?"

"물론 잘 잤다, 로드릭. 너는 잘 잤냐?"

"쿠워허허허! 나는 아주 잘 잤지. 그럼 어디 한 판 시작해 보겠느냐?"

"오냐! 얼마든지."

몬스터들과 수도 없이 뒹굴다 보니 한스는 간단하나마 인사 정도는 할 수 있었다.

로드릭이 여유로운 미소를 지으며 말했다.

"쿡쿡쿡! 어디 덤벼 봐라. 얼마나 실력이 늘었는지 보자."

"오늘은 쉽게 당하진 않겠다."

한스의 신형이 검과 함께 앞으로 튕기듯 날아갔다. 곧바로 그의 롱소드에서 십여 개의 검영이 일어나 로드릭의 거대한 몸체로 쇄도했다.

파파파팟—

이는 이전 같으면 한스가 꿈도 꿀 수 없는 고급 검식이었다. 설사 상급 용병이라 해도 쉽게 피하기 힘들 것이다.

한스는 이번 공격으로 로드릭을 쓰러뜨릴 수는 없겠지만 조금이나마 당황 정도는 시킬 수 있으리라 기대했다.

그러나 그런 한스의 기대는 허무하게 무너져 내리고 말았다. 로드릭이 슬쩍 어깨를 비틀자 한스의 검영들은 빈 공간을 쑤셔댔을 뿐이었다.

　"쿠워어어! 조심해라! 머리!"

　곧바로 바람처럼 내지른 도끼의 공세가 한스의 머리를 쪼갤 듯 사납게 들이닥쳤다. 로드릭은 한스가 미리 막을 수 있게 '머리'라고 외쳐 주는 배려도 잊지 않았다.

　한스는 황급히 검을 들어 머리를 막았다.

　카아앙!

　그러나 초대형 몬스터의 괴력이 실린 로드릭의 도끼를 한스가 막아 내기란 애초부터 불가능한 것이었다.

　"쿠으윽!"

　한스는 검과 함께 뒤로 나가떨어졌다. 그는 입에서 피를 토하며 손아귀가 찢어지는 충격에도 손에 쥔 검을 놓지 않았지만 상대는 너무 강했다.

　한스는 씁쓸한 표정을 지으며 말했다.

　"크윽! 내가 졌다, 로드릭."

　"쿠워어! 좋은 승부였다. 다음엔 더 강해져 있기를 바라지."

　로드릭은 한스가 패배했다고 조소를 흘리거나 하지 않았다.

　그는 한스가 비록 약하지만 언젠가 무섭도록 강해질 수

도 있다는 생각을 하고 있었다.

그 이유는 자신의 로드인 무혼이 한스와 같은 인간이며, 그의 능력은 가히 미증유의 경지에 이르러 있기 때문이었다.

"쿠워어어! 오늘 내게 졌다고 실망마라. 너도 언젠가 로드처럼 강해질지 어찌 아느냐? 나 또한 네게 패배할 수 있다."

"말이라도 고맙다. 멋진 친구여!"

한스는 로드릭의 말을 전부 알아들을 수는 없지만 그래도 그가 대충 무슨 말을 하는지는 이해했다. 그에게 있어 로드릭은 좋은 친구였다.

"오우워어어어어!"

그때 어디선가 오우거의 포효가 들렸다.

한스는 지금 포효를 날린 오우거가 트레네 숲에 있는 오우거 중 최강자인 제리드임을 알 수 있었다. 그의 능력은 로드릭과 쌍벽을 이루며 날로 강해지고 있어 한스로서는 넘을 수 없는 벽과 같은 존재였다.

그런 제리드의 포효가 멀지 않은 곳에서 들린 것은 그가 근처에서 누군가와 대련을 하고 있다는 것을 의미했다.

한스는 누군지 모르지만 제리드에게 걸린 이상 자신과 같은 꼴을 면하기 힘들 것이라 생각하고 있었다.

퍼엉!

"우어어억! 아이고! 나 죽는다."

그러나 이내 뭔가가 터지는 듯 커다란 굉음과 함께 제리드의 무참한 신음성이 숲을 울리는 것이 아닌가? 어떻게 된 것인가 싶어 한스는 두 눈을 크게 떴고, 그것은 로드릭 역시 마찬가지였다.

트레네 숲에 있는 초대형 몬스터들 중 대체 누가 있어 오우거 제리드를 쓰러뜨릴 수 있다는 말인가?

'설마?'

그러고 보니 그런 존재가 하나 있긴 했다. 모두가 인정하는 괴물 중의 괴물이!

그 생각을 떠올리자 로드릭의 인상이 일그러졌다.

'빌어먹을! 그놈이 분명하다.'

놈은 매일 새벽 로드릭을 찾아와 대련을 시작했다. 예전에는 한 주먹거리도 안 되는 녀석이었지만, 언젠가부터 반대로 로드릭이 그 비슷한 신세가 되고 말았다.

그러다 보니 로드릭은 항상 무참한 패배로 하루를 시작해야 했다. 그래서 오늘은 작정하고 일찍 일어나 가장 만만한 한스가 수련하는 장소로 찾아왔고 모처럼의 승리를 만끽할 수 있었다.

그러나 그러한 기쁨도 잠깐일 뿐이었다. 로드릭은 이내 결전의 태세를 취한 채 한쪽을 노려보았다. 그곳에는 건장한 체구의 자이언트 오크 소년이 훌쩍 달려와 멈춰 서 있었다.

"취익! 오늘도 부탁한다."

라개드는 로드릭에게 고개를 숙여 정중히 인사를 하고는 이내 두 눈을 번뜩이며 권법의 자세를 잡았다.

"으득! 라개드 이놈! 오늘은 쉽게 당하지 않겠다."

"취익! 선공을 양보할 테니 덤벼라."

라개드는 여유로운 미소를 지으며 말했다.

그러자 로드릭은 기다렸다는 듯 돌풍처럼 앞으로 쏘아져 나갔다.

쒸익! 쒸쒸익!

로드릭이 휘두른 시커먼 도끼가 전방에 폭풍을 형성했다. 난폭한 도끼의 공세는 라개드가 있던 곳을 갈기갈기 찢어 버리는 듯했다.

그러나 라개드는 이미 그 공세를 벗어나 허공에 떠 있었다. 그는 아주 가볍게 허공에서 한 바퀴 회전을 하더니 발끝으로 로드릭의 머리를 툭 건드리듯 찼다.

"쿠윽!"

살짝 찼을 뿐이지만 그 위력은 로드릭의 균형을 무너뜨리기 충분했다.

로드릭이 신음을 흘리며 뒤로 물러나는 순간 허공에 있던 라개드의 양발이 교차하듯 빛살처럼 날아와 로드릭의 턱을 가격했다.

빠각!

"쿠어어어억! 아이고! 나 죽는다."

로드릭은 무참히 나동그라진 채 신음성을 토했다.

라개드는 그런 로드릭을 향해 양손을 모아 앞으로 내밀며 정중히 고개를 숙였다.

"취익! 좋은 승부였다. 다음에 또 보자."

그 말과 함께 라개드는 훌쩍 인근의 커다란 바위 위로 올라가 큰 포효를 날렸다.

"쿠아아아아!"

승자의 포효였다.

그 포효를 듣는 로드릭은 허탈한 눈빛으로 한숨을 내쉬더니 한스를 향해 처량 맞을 정도로 씁쓸한 미소를 지었다.

"쿠우어어! 한스, 나 진짜 저 괴물 놈 때문에 못살겠다. 썩을 놈! 뒈질 놈! 아이고 턱이야."

한스는 항상 자신이 짓던 패배자의 미소를 로드릭이 짓는 것을 보며 불현듯 나오는 웃음을 참을 수 없었다.

"힘내라, 로드릭. 너도 수련하면 언젠가 저 녀석을 이길 수 있지 않겠느냐?"

"쿠워어! 고맙다, 친구."

"하하하, 고맙긴. 다 같은 처지인데 뭘."

"쿡쿡쿡! 그렇군."

둘은 동병상련의 처지를 인식하고 마주 보며 웃었다.

그런데 바로 그때, 근처의 바위 위에서 승리의 포효를 날리던 라개드가 돌연 포효를 멈추더니 긴장한 기색으로 한쪽을 노려보기 시작했다.

한스가 무슨 일인가 싶어 고개를 돌려 보니 그곳엔 자색의 거대한 배틀 액스를 들고 있는 우람한 덩치의 사내가 오연히 서 있었다. 그는 다름 아닌 알렌 백작의 기사인 탈룬이었다.

"음흐흐흐! 좋은 아침이구나. 어디 자신 있으면 덤벼 보겠느냐?"

탈룬은 자신을 긴장한 표정으로 노려보는 라개드를 향해 여유로운 미소를 흘렸다.

라개드는 이내 도전적인 눈빛으로 고개를 끄덕이더니 곧바로 달려들었다.

스슷. 스스스스.

정면으로 달려오는 듯하던 라개드의 신형이 이내 번쩍 사라지며 탈룬의 좌측에서 나타났다 싶더니 한순간 그의 오른발이 탈룬의 턱을 차올렸다. 탈룬이 슬쩍 고개를 흔들어 피하자 라개드는 훌쩍 뛰어올라 팔꿈치로 그의 머리를 가격했다.

"흐흐, 제법이지만 아직 멀었다."

라개드의 팔꿈치는 애꿎은 허공만을 가격했을 뿐이었

다. 이윽고 낭패한 표정의 라개드의 안면으로 탈룬의 무식한 주먹이 번개처럼 날아가 꽂혔다.

퍼억!

"쿠어어억!"

비틀거리며 물러나는 라개드의 복부와 안면에 연타가 작렬했다.

퍼퍽! 퍽!

"꾸어어억!"

그것이 끝이었다.

라개드는 뒤로 나동그라진 채 씁쓸한 미소를 지으며 고개를 숙였다. 라개드는 사실 그동안 수없이 도전했지만 도무지 탈룬을 이길 수 없었던 것이다.

"취, 취익! 라비쓰랄! 내가 또 졌다…….

라개드의 처량 맞은 표정을 본 한스와 로드릭은 이내 씨익 웃으며 그에게 다가가 위로의 말을 전했다.

"힘내라, 라개드."

"쿠어어어! 너무 실망 마라. 너도 수련하면 언젠가 저 무식한 인간을 이길 수 있을 것이다."

그러자 라개드는 헤헤 웃으며 고개를 끄덕였다.

"취익! 고맙다. 더 수련해서 강해지겠다."

탈룬은 그들을 보며 히죽 웃고는 곧바로 배틀 액스를 허공으로 치켜들며 앙천광소를 흘렸다.

"크하하하하! 우하하하하!"

이른바 승자의 광소였다. 그러나 그의 광소는 얼마지 않아 그쳐야 했으니.

"쯧! 고작 몬스터 하나 이겨 놓고 기고만장이더냐?"

"헉! 백작님!"

다름 아닌 알렌 백작이었다.

백색의 말끔한 연무복으로 차려입은 미중년의 검사 알렌은 흩날리는 금발을 부드럽게 쓸어 넘기고는 담담한 미소를 지으며 탈룬을 노려봤다.

"어디, 얼마나 실력이 늘었는지 볼까? 덤벼라."

"크흐흐! 오늘은 저도 만만치 않을 겁니다."

탈룬은 배틀 액스를 사납게 움켜쥐며 웃었다.

자색의 신비로운 블레이드를 가진 이 배틀 액스는 예전에 하늘 호수에서 물의 정령 아르나에게 받은 진귀한 무기 중 하나였다. 거짓말을 하지 않고 정직하게 말했다는 이유로 말이다.

'제길! 오늘은 이 무기발로라도 한 번 이겨 보자!'

물론 자신이 소드 마스터인 알렌을 이긴다는 것은 망상에 불과하다는 것을 그가 모를 리는 없었다. 그래도 최대한 오래 버텨 보며 기회를 노려볼 작정이었다.

츠캉!

쒸잉! 쎵쎵쎵!

자색의 블레이드에 맺힌 시퍼런 오러가 이른 아침의 맑은 공기를 찢으며 전방으로 튀어나갔다. 순식간에 무려 수십 개도 넘는 배틀 액스의 그림자들이 생겨나고, 그것들이 마치 제각각 살아 있는 듯 바람처럼 앞으로 쏘아져 나가는 모습은 그야말로 장관이었다.

"오오! 저럴 수가!"

"크워어어! 멋지다!"

"쥐익! 대단하다."

한스와 로드릭뿐 아니라 라개드도 감탄을 금치 못했다.

대체 얼마나 수련해야 저렇게 강해질 수 있을까? 그들은 선망이 가득한 눈빛으로 탈룬의 움직임을 뚫어져라 쳐다봤다.

그러나 그들의 두 눈은 이내 찢어질 듯 부릅떠졌다. 알렌이 백색의 번쩍이는 검을 슥슥 몇 번 휘저었을 뿐인데, 탈룬이 만들어 냈던 그림자 도끼들이 모조리 사라져 버렸던 것이다.

깡! 까깡!

그때부터 알렌이 휘두르는 검을 탈룬은 방어하기에 바빴다. 그러나 그 또한 쉽지 않았다.

결국 탈룬은 퍽, 하는 소리와 함께 무참히 날아가 처박혔다. 압도적인 실력의 차이 앞에 무기발은 전혀 통하지 않았던 것이다.

"크으윽!"

곧바로 비틀거리며 일어나는 탈룬의 얼굴은 참혹하게 일그러져 있었다.

물론 그는 애초부터 자신이 알렌의 상대가 되지 못한다는 것을 알고 있었기에, 방금 전 알렌에게 패배한 것으로 인해 화가 난 것은 아니었다.

그보다는 조금 전까지 자신을 선망 어린 눈빛으로 쳐다보던 몬스터들이 이내 측은한 눈빛으로 동정을 표시하는 것이 왠지 기분 나빴던 것이다.

'젠장! 뭐냐? 왜 마치 나를 불쌍하다는 듯 쳐다보는 것이냐?'

울컥한 탈룬의 번뜩이는 눈빛을 받자 한스와 로드릭 등은 움찔하며 시선을 다른 곳으로 돌렸다. 그러나 그들의 표정에서 여전히 동정의 빛은 사라지지 않았다. 탈룬은 인상을 구겼다.

'젠장할! 하긴 다 비슷한 처지긴 하지. 만날 깨지고 사는 나나 저놈들이나.'

이런 게 동질감인 것일까? 탈룬은 결국 바닥에 털썩 주저앉으며 히죽 웃었다. 그와 다시 눈이 마주친 몬스터들도 헤헤 웃었다.

어느덧 탈룬은 그런 몬스터들이 매우 친숙하게 느껴지고 있었다.

한편 알렌은 패자들이 동질감을 느끼며 히죽거리고 있는 것을 오연히 내려다보며 잠시 승리의 즐거움을 만끽하다 이내 흠칫 놀라며 한쪽을 쳐다봤다.

"……!"

건너편 봉우리 아래에 위치한 동굴의 음영 속에서 희번덕거리는 두 개의 동공이 알렌을 차갑게 쏘아보고 있었던 것이다.

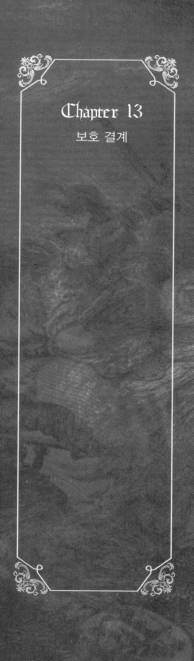

Chapter 13

보호 결계

　'으으! 저 영감은?'

　알렌은 그가 누군지 잘 알았다.

　그는 백 년 전 엘프 최강의 검사였다는 로다이크로 지금은 언데드 상태였다. 언데드지만 특이하게 정신은 아주 멀쩡했으며 그의 검술 실력은 알렌의 상상을 초월했다. 몇 번 붙어 봤지만 결과는 항상 알렌의 무참한 패배로 끝났으니까.

　"크크크! 가……소롭군. 고작 부하 하나 이겼다고 그리 기고만장인 것인가? 자신 있으면 어디 나와 한번 붙어 보지 그래?"

로다이크가 비릿한 눈빛을 흘리며 말했다. 알렌은 울컥
하며 고개를 끄덕였다.

"으득! 그럼 한 수 부탁하겠소. 오늘은 결코 만만치 않
을 것이오."

"크크크! 그……러길 바라겠네."

"그럼 먼저 공격하겠소."

곧바로 알렌이 동굴을 향해 질풍처럼 날아 들어갔다. 잠
시 동굴 속에서 경쾌한 금속음이 몇 번 들려나오는 듯싶더
니 이내 무참한 격타음과 함께 알렌이 볼썽사납게 동굴 밖
으로 튕겨 나와 나동그라졌다.

"크으윽!"

"백작 님! 괜찮으십니까?"

탈룬이 달려가 알렌을 부축했다. 알렌은 비틀거리며 일
어났다.

"아으, 제기랄! 정말 무식하게 강한 영감이군. 도무지
공격이 통하질 않는다니까. 유령들은 다 뭐 하는 거야? 저
죽지 않는 영감 좀 잡아가지 않고. 으득!"

"큭큭큭! 유령들이 무슨 힘이 있어 저 무서운 언데드 영
감님을 잡아가겠습니까? 얻어터지지나 않으면 다행이겠지
요."

순간 투덜거리던 알렌은 힐끗 탈룬을 노려봤다. 그는 탈
룬이 방금 전 큭큭거리는 모습을 보고 은근히 기분이 나빠

졌던 것이다.

"너 이놈! 내가 패한 것이 그렇게 기분이 좋으냐? 아주 입이 찢어지겠구나. 어디 좀 더 크게 웃어 봐라! 엉?"

"크헙! 아, 아닙니다. 제가 웃기는 언제 웃었다고 그러십니까?"

탈룬은 움찔하며 입을 손으로 막았다. 그렇게 그의 입은 닫혔지만 그의 눈은 여전히 웃고 있었다.

그 눈을 목격한 알렌의 인상이 다시 구겨졌다. 그러다 근처의 몬스터들이 측은한 듯 동질감의 미소를 보내오는 것을 발견하자 알렌의 표정은 기이하게 변하더니 결국 피식 웃고 말았다.

"흐흐! 뭐냐? 저놈들은? 설마 다 같은 처지라는 듯 쳐다보는 건가?"

"큭큭! 그런 것 같습니다."

"흐흐흐! 그래. 그렇구나. 저놈들이나 나나 패배로 아침을 맞이한 건 다를 바 없으니 말이야."

알렌은 바닥에 털썩 주저앉았다. 몬스터들도 옹기종기 모여 앉았다.

비록 패배로 시작되는 아침을 맞이했지만 그들 중 누구도 패배감에 물들어 있는 이들은 없었다.

모두 수련을 통해 내일은 더 강해질 것이라는 각오에 불타고 있었다. 남과 비교하는 것은 의미 없고, 오늘의 나보다 내일의 내가 더 강해지는 것이 중요하다는 것을 알고 있기에.

그런 그들을 은발의 미청년 엘리나이젤이 멀리서 흐뭇한 미소를 지으며 바라보고 있었다.

'모두 무섭도록 강해지고 있구나. 장차 로드의 큰 힘이 되어 줄 자들이야.'

엘리나이젤은 사실 한동안 트레네 숲의 전역에 걸쳐 방대한 보호 결계를 펼치느라 정신이 없었다. 트레네 숲은 매우 방대했기에 그 작업은 결코 쉬운 일이 아니었다.

그 작업은 며칠 전에야 끝이 났다.

엘프의 수호 정령인 엘리나이젤이 건재한 것을 알게 된 나무 정령들이 속속 그에게 모여들지 않았다면 아무리 팔백 개의 마정석이 있다 해도 그 작업이 이렇게 빨리 끝나기는 힘들었을 것이다.

며칠 동안 엘리나이젤은 푹 휴식을 취했고 지금은 기력을 충분히 회복한 터였다.

그는 엘프들이 있는 곳을 향해 걸어갔다.

엘프들도 트레네 숲의 몬스터들 못지않게 수련해 열중하고 있었다.

그들은 비록 수호 정령 엘리나이젤이 자신들을 지켜 주고 있지만, 지난 백 년 동안 오크들의 노예가 되었던 치욕을 잊지 않았다.

모두들 각자의 적성에 맞게 검술이나 마법을 선택했고, 백 년 전 엘프들의 장로들이었던 언데드들이 그들의 스승이 되어 주었기에, 엘프들의 실력은 나날이 발전하고 있었다.

특히 로다이크는 해가 저물어 저녁이 되면 엘프 검사들이 수련을 하는 곳마다 나타나 그들의 부족한 점을 지적해 주며 가르침을 베풀었다.

로다이크뿐 아니라 다른 언데드 장로들도 마찬가지였다. 언데드가 된 그들에게 다른 삶의 낙이 뭐가 있겠는가? 그들은 후손들이 자신들의 가르침을 통해 나날이 강해지는 모습을 보며 무척 흐뭇해하고 있었다.

한동안 물끄러미 트레네 숲의 몬스터들과 엘프들이 수련을 하는 모습을 지켜보던 엘리나이젤은 이내 하늘 호수가 있는 곳으로 발걸음을 옮겼다. 그사이 해는 중천을 지나가고 있었다.

"치유의 광휘가 그대의 아픈 상처를 어루만지노라. 회복의 빛!"

"순수한 바람의 힘! 그대를 둘러싼 어둠의 저주는 사라질지어다! 해제의 바람!"

하늘 호숫가에 세워진 아름다운 저택의 별채. 현자 루인과 친해진 엘프 메이지들이 모여 마법을 연구하고 있었다.

모두 치유 계열의 마법사들이었다.

그러나 그들 중에서 빛 속성의 치유 마법을 펼칠 수 있는 마법사는 오직 현자 루인뿐이었다. 엘프들의 경우에는 바람 속성의 치유 마법을 구사했다.

그래도 서로의 지식을 공유하며 마법의 경지를 높이는 데 큰 도움이 되는 듯했다.

현자 루인은 무혼의 당부가 있었기에 엘리나이젤이 특별히 더 신경 써서 보호하고 있었다.

사실 물의 정령 아르나가 그녀를 호위하는 것만으로도 충분하긴 하지만, 그래도 만일의 사태를 대비해 저택을 주변으로 몇 겹의 보호 결계를 더 펼쳐 두었다.

그러한 결계들은 물론 트레네 숲에 속한 이들에게는 전혀 영향을 미치지 않는다. 외부의 침입자들에게만 발효되는 것으로, 침입자인지 아닌지의 여부는 각 결계를 담당하고 있는 나무 정령들이 판단했다.

나무 정령들은 자신이 선택한 나무들과 소통이 가능하며, 숲의 새들과 짐승들, 심지어 풀들의 속삭임까지 모두 들을 수 있었다. 즉, 누군가 은밀히 숲에 잠입한다 해도 나무 정령을 속일 수는 없었다.

지금이 바로 그때였다.

―엘리나이젤 님! 숲의 서쪽에서 좋지 않은 기운을 풍기는 자들이 접근하고 있어요.

나무 정령의 긴급한 보고에 엘리나이젤은 흠칫 놀랐다.

그는 나무 정령의 시야를 통해 트레네 숲 서쪽에 일단의 인물들이 출현한 것을 볼 수 있었다.

모두 음침한 기운을 풍기는 자들로 엘리나이젤은 그들의 다수가 언데드임을 알아봤다.

그러나 그의 시선은 그중 선두에 있는 팔이 여섯 개 달린 오크 여성에게 고정되어 있었다. 두 눈에서 연신 사악한 기운이 뿜어져 나오는 그 오크 여성을 보자 엘리나이젤의 두 눈이 차갑게 번뜩였다.

'틀림없이 마족이군.'

마족들이 머지않아 분명 이곳 트레네 숲을 향해 공격을 펼칠 것이라 확신했던 엘리나이젤이었다. 그가 매일 기진맥진하도록 돌아다니며 숲에 보호 결계를 펼쳤던 것은 바로 그 이유 때문이었다.

예상대로 마족이 나타났다. 지금 나타난 저들의 전력은 생각보다 그리 막강하지는 않았다. 마족이 고작 하나뿐이었으니까.

따라서 트레네 숲에 있는 초대형 몬스터들과 엘프들, 그리고 막강한 언데드 엘프들이 힘을 모으면 정면 승부를 통해서도 충분히 승리를 거둘 수 있었다.

그러나 그 와중에 아군에도 상당한 희생자가 발생할 것은 틀림없었다.

엘리나이젤이 보호 결계를 펼친 것은 그런 식으로 정면

대결이 벌어지지 않게 하기 위함이었다.

─나무 정령들이여! 결계를 발진하라! 사악한 침략자들 중 단 하나도 숲에 들어오게 해서는 안 된다.

적이 숲에 들어오지 못하면 전투가 벌어질 일도 없다. 당연히 아군에서 희생자가 나올 일도 없을 것이다.

엘리나이젤은 아군의 병력은 보호 결계가 무력해지는 것과 같은 최악의 상황에만 투입시킬 생각이었다. 그 전에 굳이 쓸데없는 전투를 통해 아군을 희생시킬 필요는 없는 것이다.

그러나 언데드 엘프들은 다르다. 그들은 그들의 로드인 무혼이 살아 있는 한 무참히 죽어도 머지않아 부활하게 되어 있었다.

따라서 엘리나이젤은 언데드 엘프들을 그 즉시 서쪽으로 이동시켰다.

물론 그 역시 모처럼 몸을 풀 생각이었다. 마족은 그가 직접 상대해야 하기 때문이다.

"가자. 용맹한 언데드 엘프들이여! 감히 트레네 숲에 침입한 마족의 하수인들을 모조리 쓸어버리자."

"크크크! 마…… 맡겨 주십시오. 드디어 저희들의 능력을 보여 줄 때가 왔군요."

"그……렇지 않아도 근질근질했지요."

백여 명의 언데드 엘프들이 바람처럼 트레네 숲의 서쪽

을 향해 달려갔다.

휘잉! 휘이이이—

트레네 숲으로 막 진입하려는 순간 갑자기 밀려온 짙은 안개가 시야를 가리자, 대열의 선두에 있던 아마스칼과 카수스의 표정이 굳어졌다.

"카수스 님, 앞에 결계가 펼쳐져 있습니다."

아마스칼이 인상을 찌푸리며 말하자 카수스가 이내 코웃음 치며 말했다.

"걱정마라. 저따위 하찮은 결계가 어찌 위대한 마족인 나의 앞길을 막을 수 있겠느냐?"

곧바로 카수스의 두 눈에서 붉은 섬광 같은 빛이 쏟아져 나왔다.

그 빛은 어지간한 결계나 마법진 따위는 가볍게 파괴해 버리는 능력이 있었다.

그러나 안개는 꿈쩍도 하지 않았다. 오히려 안개가 더욱 짙어지더니 카수스와 아마스칼, 그리고 그들이 이끌고 온 인페르노의 어새신들과 언데드 군단을 빙 둘러싸 버리는 것이었다.

스스스스.

그와 동시에 그들의 전면에 흑색의 돌풍이 일어나더니 백여 명의 언데드 엘프들이 나타났다.

언데드들의 선두에는 엘리나이젤이 수정처럼 반짝이는 은발을 신비롭게 휘날리며 카수스를 노려보고 있었다.

"죽을 자리를 잘 찾아왔구나, 마족."

그를 본 카수스의 눈이 차갑게 번쩍였다.

"너는 누구냐?"

"척 보면 대충 감이 오지 않으냐?"

"헛소리 말고 정체를 밝혀라."

엘리나이젤의 젊게 변한 모습으로 인해 카수스는 그를 알아보지 못했다. 그런데 그녀와 달리 아마스칼의 두 눈은 날카롭게 번뜩였다. 특별한 감지 능력을 지닌 그는 엘리나이젤의 정체를 한눈에 알아봤다.

"저놈은 엘프의 수호 정령 엘리나이젤이 분명합니다, 카수스 님."

그러자 카수스는 잠시 놀라는 표정을 짓더니 이내 짙은 조소를 흘렸다.

"오호호홋! 엘프의 수호 정령? 넌 이미 죽은 줄 알았더니 살아 있었느냐?"

"쉽게 죽을 수는 없었지."

"그 생명력 하나만은 놀랍구나. 하지만 고작 이따위 결계로 나를 막을 수 있다고 생각한다면 착각이라고 말해 줄 수밖에 없겠군."

그러자 엘리나이젤이 두 눈에 힘을 주고 걸어왔다.

"건방떨지 마라! 너는 내 손에 뒈질 첫 번째 마족이 될
것이다."

〈다음 권에 계속〉

무당괴공

김태현 신무협 장편소설

ORIENTAL FANTASY STORY & ADVENTURE

혼탁한 천하 위에 오롯이 선 무당의 혼, 천생반골 적운비
그가 강호를 종횡무진하는 그날
천하가 그를 감당하려 하나, 결국 그가 천하를 감당하리라!

dream books
드림북스

태제 현대판타지 장편소설

MODERN FANTASY STORY & ADVENTURE

최강신화

리버스 담덕, 역천의 황제, 파천의 군주
그리고 이어지는 태제의 야심작

『최강신화』

하늘의 후손이자 신시의 아들인 최강훈.
신화시대의 계승자가 되어 이 땅을 수호하게 된 그가
앞으로 선보이는 현대판 액션 활극에 주목하라!

dream books
드림북스

DREAMBOOKS★

DREAMBOOKS★

DREAMBOOKS★

DREAMBOOKS ★